suhrkamp taschenbuch 3335

Ödön von Horváth sagte 1931 über sein Volksstück *Italienische Nacht*: »Der Inhalt ist mit einigen Worten sehr schwer zu umschreiben: Es geht nicht gegen die Politik; aber gegen die Masse der Politisierenden, gegen die vor allem in Deutschland sichtbare Versumpfung, den Gebrauch politischer Schlagworte.«

Für den Berliner Star-Kritiker Alfred Kerr war Horváths Volksstück »der beste Zeitspaß dieser Läufte«, und Carl Zuckmayer nannte es ein »dichterisches, mutiges und kluges Lustspiel ... Der große Reiz des Stückes liegt für mich vor allem in der bezaubernden Echtheit der Dialoge, deren Verknüpfung und geistige Hintergründe ebenso sicher wie absichtslos, unaufdringlich, spürbar sind ...«

Diese Edition der Werke Ödön von Horváths trennt die Theaterstücke von den Prosawerken, ordnet die Texte dann chronologisch an, unter Beigabe der Pläne, Skizzen und Varianten. Anmerkungen zur Entstehung, Überlieferung und Textgestaltung sowie den heutigen Forschungsstand berücksichtigende Erläuterungen ergänzen jeden Band.

Ödön von Horváth, am 9. Dezember 1901 in Fiume geboren, starb am 1. Juni 1938 in Paris. Sein Werk erscheint im Suhrkamp Verlag.

Ödön von Horváth
Gesammelte Werke

Kommentierte Werkausgabe in Einzelbänden
Herausgegeben von Traugott Krischke
unter Mitarbeit von Susanna Foral-Krischke

Band 3

Ödön von Horváth
Italienische Nacht

Suhrkamp

Umschlagfoto:
Hannes Kilian, Wäschenbeuren

suhrkamp taschenbuch 3335
Erste Auflage 2001

Druck: Nomos Verlagsgesellschaft, Baden-Baden
Printed in Germany
Umschlag nach Entwürfen von
Willy Fleckhaus und Rolf Staudt

1 2 3 4 5 6 – 06 05 04 03 02 01

Inhalt

Ein Wochenendspiel

Volksstück in sechs Bildern

Personen: Stadtrat · Kranz · Engelbert · Betz · Wirt · Martin · Karl · Martins Genossen · Adele · Anna · Leni · Die Dvorakische · Zwei Prostituierte · Frau Hinterberger · Geschwister Leimsieder · Republikaner und Faschisten

Ort: Süddeutsche Kleinstadt

Zeit: 1930-?

Erstes Bild

Im Wirtshaus des Josef Lehninger.
Kranz, Engelbert und der Stadtrat Ammetsberger spielen Tarock. Karl kiebitzt. Betz trinkt zufrieden sein Bier. Martin liest die Zeitung. Der Wirt bohrt in der Nase. Es ist Sonntagvormittag und die Sonne scheint.
Stille.

BETZ Martin.
MARTIN Ha?
BETZ Was gibts denn Neues in der großen Welt?
MARTIN Nichts. – Daß das Proletariat die Steuern zahlt und daß die Herren Unternehmer die Republik prellen, hint und vorn, das ist doch nichts Neues. Oder?
BETZ *leert sein Glas.*
MARTIN Und daß die Herren republikanischen Pensionsempfänger kaiserlich reaktionäre Parademärsch veranstalten mit Feldgottesdienst und Kleinkaliberschießen, und daß wir Republikaner uns das alles gefallen lassen, das ist doch auch nichts Neues. Oder?
BETZ Wir leben in einer demokratischen Republik, lieber Martin.
Jetzt zieht draußen eine Abteilung Faschisten mit Musik vorbei. Alle, außer Martin und Kranz, eilen an die Fenster und sehen sich stumm den Zug an – erst als er vorbei ist, rühren sie sich wieder.
Es ist halt alles relativ.
STADTRAT Von einer akuten Bedrohung der demokratischen Republik kann natürlich keineswegs gesprochen werden. Schon weil es der Reaktion an einem ideologischen Unterbau mangelt. Kameraden! Solange es einen republikanischen Schutzbund gibt und solange ich hier

die Ehre habe, Vorsitzender des hiesigen Republikanischen Schutzbundes zu sein, solange kann die Republik ruhig schlafen!

ENGELBERT Bravo!

KRANZ Ich möchte das Wort ergreifen! Ich möchte jetzt etwas vorschlagen! Ich möchte jetzt dafür plädieren, daß wir jetzt wieder weitertarocken und uns nicht wieder stören lassen von diesen germanischen Hoftrotteln samt ihrem Dritten Reich!

STADTRAT Sehr richtig!

KARL Wie ist das eigentlich heut nacht?

STADTRAT Was denn?

KARL Na in bezug auf unsere italienische Nacht heut nacht –

STADTRAT *unterbricht ihn:* Natürlich steigt unsere italienische Nacht heut nacht! Oder glaubt denn da wer, daß es sich der Republikanische Schutzbund von irgendeiner reaktionären Seite her verbieten lassen könnt, hier bei unserem Freunde Josef Lehninger eine italienische Nacht zu arrangieren und zwar wann er will?! Unsere republikanische italienische Nacht steigt heut nacht trotz Mussolini und Konsorten! *Er setzt sich nieder, mischt und teilt.*

ENGELBERT *hat sich auch wieder gesetzt:* Daß du das nicht weißt!

KARL Woher soll ich denn das wissen?

BETZ Ich habs doch bereits offiziell verkündet.

ENGELBERT Aber der Kamerad Karl war halt wiedermal nicht da.

KARL Ich kann doch nicht immer da sein!

ENGELBERT Sogar beim letzten Generalappell war er nicht da, vor lauter Weibergschichten!

KRANZ Solo!

STADTRAT Bettel!

ENGELBERT Aus der Hand?

STADTRAT Aus der hohlen Hand!

KARL *zu Betz:* Soll ich mir das jetzt gefallen lassen? Das mit den Weibergeschichten?

BETZ Du kannst es doch nicht leugnen, daß dich die Weiber von deinen Pflichten gegenüber der Republik abhalten –

KARL Also das sind doch meine intimsten Privatinteressen, muß ich schon bitten. Und zwar energisch!

Stille.

WIRT Obs wieder regnen wird? Jedsmal wenn ich eine Sau abstich, versaut mir das Wetter die ganze italienische Nacht.

BETZ Das glaub ich nicht.

WIRT Warum? Weils ihr seid?

BETZ Nein. Sondern weil das Tief über Irland einem Hoch über dem Golf von Biskaya gewichen ist.

WIRT Wer behauptet das?

BETZ Die amtliche Landeswetterwarte.

WIRT Geh laßts mich aus mit den Behörden!

Jetzt zieht draußen abermals eine Abteilung Faschisten mit Musik vorbei – Alle lauschen, aber keiner tritt an das Fenster.

Stille.

BETZ Es ist halt alles relativ.

MARTIN Aber was! Eine Affenschand ist das! Während sich die Reaktion bewaffnet, veranstalten wir braven Republikaner italienische Nacht!

BETZ Eigentlich ists ja unglaublich, daß die Reaktion derart erstarkt.

MARTIN Einen Dreck ist das unglaublich! Das konnt man sich ja direkt ausrechnen – wer die wirtschaftliche Macht hat, hat immer Recht, bekanntlich. Aber ihr vom Vorstand scheint das nicht zu wissen. Noch bild ichs mir ein, daß ihr wissen wollt, aber ab und zu fällts mir schon recht schwer –

ENGELBERT Hoho!

BETZ Du bist halt ein Pessimist.

MARTIN Fällt mir nicht ein!

STADTRAT Ein Krakeeler ist er! Ein ganz gewöhnlicher Krakeeler.

Stille.

MARTIN *erhebt sich langsam:* Herr Stadtrat. Sag mal, Herr Stadtrat: kennst du noch einen gewissen Karl Marx?

STADTRAT *schlägt auf den Tisch:* Natürlich kenn ich meinen Marx! Und ob ich meinen Marx kenn! Und außerdem verbitt ich mir das!

ENGELBERT Sehr richtig!

KRANZ Solo!

STADTRAT Oder glaubst denn du, du oberflächlicher Phantast, daß kurz und gut mit der Verwirklichung des Marxismus kurz und gut das Paradies auf Erden entsteht?

MARTIN Was du unter kurz und gut verstehst, das weiß ich nicht. Ich weiß auch nicht, was du unter Paradies verstanden haben willst, aber ich kanns mir lebhaft denken, was du unter Marxismus verstehst. Verstanden? Was ich darunter versteh, daran glaub ich.

KRANZ Solo, Herrgottsakrament! *Er spielt aus.*

Stille.

BETZ Weißt du, was ich nicht kann?

MARTIN Na?

BETZ Ich kann nicht glauben.

Stille.

MARTIN Das glaub ich gern, daß du nicht glauben kannst. Du kannst nicht glauben, weil du nicht mußt. Du bis ja auch kein Prolet, du pensionierter Kanzleisekretär –

BETZ Ich bin zwar Kanzleiobersekretär, aber das spielt natürlich keine Rolle.

MARTIN Natürlich.

BETZ Das ist gar nicht so natürlich!

MARTIN *glotzt ihn verdutzt an.*

EIN FASCHIST *erscheint im Lokal, begrüßt den Wirt von oben herab und bespricht mit ihm etwas scheinbar überaus Wichtiges. Der Wirt sieht immer bekümmerter drein. Alle starren die beiden überrascht an und lauschen – als der Faschist wieder verschwunden ist, weicht der Wirt ihren Blicken scheu aus.*
Stille.

STADTRAT *erhebt sich langsam:* Wieso?

ENGELBERT Was hat denn das vorstellen sollen, Josef?

MARTIN *grinst:* Eine kleine Konferenz –

ENGELBERT Wer war denn dieser Herr, lieber Josef?

KRANZ Ein Faschist wars, ein ganz ein dreckiger!

WIRT *lächelt verzweifelt:* Nichts, Leutl! Nichts – *Er will ab.*

BETZ Halt!

WIRT *hält.*

BETZ Ich hab jetzt nämlich gehorcht.

MARTIN Ich auch.

BETZ Lieber Josef, ich glaub gar, du bist ein grandioser Schuft.

WIRT Das darfst du nicht sagen, Heinrich!

BETZ Ich sags sogar nochmal, lieber Josef! Na das ist empörend! Wir Republikaner sind deine Stammgäst, aber kaum daß diese Erzreaktionäre mal einen ihrer berüchtigten deutschen Tage veranstalten, schon stellst du ihnen für heut Nachmittag dein Gartenlokal zur Verfügung! Und wir Republikaner, denkst du, kommen dann am Abend dran mit unserer italienischen Nacht und kaufen dir brav die Reste ab, die wo die Herren

Reaktionäre nicht mehr zammfressen konnten! A das ist aber korrupt!

ENGELBERT Hört Hört!

WIRT Ich bin nicht korrupt! Das bin ich nicht, Leutl, das ist meine Frau –

KARL Papperlapapp!

WIRT Ihr kennt meine Frau nicht, liebe Leutl! Die scheißt sich was um die politischen Konstellationen, der ist es sauwurscht, wer ihre Würst zammfrißt! Und ich Rindvieh hab mal von einem heiteren Lebensabend geträumt! Und wenn ich jetzt den schwarzweißroten Fetzen nicht raussteck, verderben mir sechzig Portionen Schweinsbraten, das war doch ein furchtbarer Blödsinn, die Reichsfarben zu ändern! Meiner Seel, ich bin schon ganz durcheinand!

KRANZ *tritt vor den Wirt:* Wenn du jetzt nicht mein Freund wärst, tät ich dir jetzt ins Gesicht spucken, lieber Josef!

ENGELBERT Bravo!

Stille.

WIRT *verzweifelt:* Meiner Seel, jetzt sauf ich mir einen an, und dann erschieß ich meine Alte. Und dann spring ich zum Fenster naus, aber vorher zünd ich noch alles an! Meine Herren! Leckts mich am Arsch! *Ab.*

STADTRAT *wirft zornbebend die Karten zu Boden.*

Stille.

STADTRAT Dieser Schmutz. *Mit erhobener Stimme.* Aber sehen möcht ich doch, welche Macht unsere italienische Nacht heut nacht zu vereiteln vermag! Kameraden! Wir weichen nicht, und wärs die vereinigte Weltreaktion! Unsere republikanische italienische Nacht steigt heut nacht, wie gesagt! Auch ein Herr Josef Lehninger wird uns keinen Strich durch die Rechnung machen! Kommt Kameraden! *Ab.*

MARTIN Hurrah!
KRANZ Du Mephisto –
ALLE *verlassen das Lokal.*

Zweites Bild

Straße.
Alle Häuser sind schwarzweißrot beflaggt, maßen die hiesige Ortsgruppe der Faschisten, wie dies auch ein Transparent verkündet, einen deutschen Tag veranstaltet. Eben zieht eine Abteilung mit Fahne, Musik und Kleinkalibern vorbei, gefolgt von Teilen der vaterländisch gesinnten Bevölkerung – auch die Dvorakische und das Fräulein Leni ziehen mit.

LENI Jetzt kann ich aber nicht mehr mit.
DIE DVORAKISCHE Da tuns mir aber leid, Fräulein!
LENI Die Musik ist ja fein, aber für die Herren in Uniform könnt ich mich nicht begeistern. Die sehn sich alle so fad gleich. Und dann werdens auch gern so eingebildet selbstsicher. Da sträubt sich etwas in mir dagegen.
DIE DVORAKISCHE Das glaub ich gern, weil Sie halt keine Erinnerung mehr haben an unsere Vorkriegszeit.
LENI Ich muß jetzt da nach links.
DIE DVORAKISCHE Fräulein. Sie könnten mir eigentlich einen großen Gefallen tun –
LENI Gern!
DIE DVORAKISCHE Ihr Herr Major muß doch ganz pompöse Uniformen haben –
LENI Ja das stimmt, weil er früher auch in den Kolonien gewesen ist, die wo uns Deutschen geraubt worden sind.
DIE DVORAKISCHE Geh fragens doch mal den Herrn Major, ob er mir nicht so eine alte Uniform verkaufen möcht, es passiert Ihnen nichts –
LENI Wie meinens denn das?
DIE DVORAKISCHE Das sagt man halt so.

Stille.

LENI Was möchtens denn mit der Uniform anfangen?

DIE DVORAKISCHE *lächelt:* Anschaun.

LENI Ist das alles?

DIE DVORAKISCHE Wie mans nimmt –

Stille.

LENI Nein, das wär mir, glaub ich, unheimlich –

DIE DVORAKISCHE *plötzlich wütend:* Dumme Gans dumme! Ihr jungen Leut habt halt keine Illusionen mehr! *Rasch ab.*

Trommelwirbel.

KARL *kommt und erkennt Leni:* Ist das aber ein Zufall!

LENI Ich hab jetzt nicht viel Zeit, Herr Karl!

KARL Ich auch nicht. Aber ich möcht Ihnen doch nur was vorschlagen, Fräulein!

LENI Was möchtens mir denn vorschlagen?

KARL Daß wir zwei Hübschen uns womöglich heut abend noch treffen, möcht ich vorschlagen – ich hätts Ihnen schon gestern vorgeschlagen, aber es hat sich halt keine Gelegenheit ergeben –

LENI Lügens mich doch nicht so an, Herr Karl.

KARL Ja wie hätten wir es denn, undsoweiter? Das hab ich doch noch niemals nicht notwendig gehabt, ein Weib anzulügen, weil ich doch immerhin ein gerader Charakter bin, merken Sie sich das!

LENI Ich wollt Sie doch nicht beleidigen –

KARL Das können Sie auch nicht.

LENI *starrt ihn an:* Was verstehen Sie darunter, Herr Karl?

KARL Ich versteh darunter, daß Sie mich nicht beleidigen können, weil Sie mir sympathisch sind – Sie könnten mich höchstens kränken, Fräulein. Das versteh ich darunter.

Stille.

LENI Ich glaub gar, Sie sind ein schlechter Mensch.

KARL Es gibt keine schlechten Menschen, Fräulein. Es gibt nur sehr arme Menschen.
Stille.

LENI Ich wart aber höchstens zehn Minuten –

KARL Und ich nur fünf.

LENI *lächelt:* Also dann bin ich halt so frei, Sie schlechter Mensch – *Ab.*

MARTIN UND BETZ *kommen.*

MARTIN *sieht Leni, die rasch an ihm vorbeigegangen ist, nach; dann betrachtet er Karl spöttisch.*

KARL Sag mal Martin: ich nehm natürlich an, daß bei unserer italienischen Nacht heut nacht nicht nur eingeschriebene ordentliche und außerordentliche Mitglieder, sondern auch Sympathisierende gern gesehen sind –

MARTIN Von mir aus.

KARL Ich hab nämlich gerade jemand eingeladen. Eine mir bekannte Sympathisierende von mir.

MARTIN War das die?

KARL Kennst du die da?

MARTIN Leider.

KARL Wieso?

MARTIN Weil das ein ganz stures Frauenzimmer ist.

KARL Ich find aber, daß sie was Bestimmtes hat –

MARTIN Aber was! ich meinte doch, daß dieses Frauenzimmer ganz stur ist, nämlich in politischer Hinsicht, das ist doch eine geborene Faschistin, Herrgottsakrament! Wie kann man nur mit so was herumpoussieren!

KARL Mein lieber Martin, das verstehst du nicht. Wir zwei beide sind aufrechte Republikaner, aber wir haben dabei einen Unterschied. Du bist nämlich Arbeiter und ich bin Musiker. Du stehst am laufenden Band und ich spiel in einem Konzertcafé Schumann, Mozart, Kalman und Johann Strauss – daher bin ich natürlich der größere Individualist, schon weil ich halt eine Künstlernatur bin. Ich hab die stärkeren privaten Interessen, aber nur scheinbar, weil sich bei mir alles gleich ins Künstlerische umsetzt.

MARTIN *grinst:* Das sind aber feine Ausreden –

KARL Das bin ich mir einfach schuldig, daß ich in erotischer Hinsicht ein politisch ungebundenes Leben führ – Merk dir das! *Ab.*

MARTIN Nur zu! *Er grinst.*

Stille.

BETZ Martin. Du weißt, daß ich dich schätz, trotzdem daß du manchmal schon direkt unangenehm boshaft bist – Ich glaub, du übersiehst etwas sehr Wichtiges bei deiner Beurteilung der politischen Weltlage, nämlich das Liebesleben in der Natur. Ich hab mich in der letzten Zeit mit den Werken von Professor Freud befaßt, kann ich dir sagen. Du darfst doch nicht vergessen, daß um unser Ich herum Aggressionstriebe gruppiert sind, die mit unserem Eros in einem ewigen Kampfe liegen, und die sich zum Beispiel als Selbstmordtriebe äußern, oder auch als Sadismus, Masochismus, Lustmord –

MARTIN Was gehen mich deine Perversitäten an?

BETZ Das sind doch auch die deinen!

MARTIN Was du da nicht sagst!

BETZ Oder hast du denn deine Anna noch nie gekniffen oder sonst irgendsowas, wenn du – ich meine: im entscheidenden Moment –

MARTIN Also das geht dich einen großen Dreck an.

BETZ Und dann sind das doch gar keine Perversitäten, sondern nur Urtriebe! Ich kann dir sagen, daß unsere Aggressionstriebe eine direkt überragende Rolle bei der Verwirklichung des Sozialismus spielen, nämlich als Hindernis. Ich fürchte, daß du in diesem Punkte eine Vogelstraußpolitik treibst.

MARTIN Weißt, du, was du mich jetzt kannst? *Ab.*

BETZ *sieht ihm nach:* Auch der kann die Wahrheit nicht vertragen – Jugend kennt halt keine Tugend.

Drittes Bild

Seitenstraße.
Mit vielen Fahnen. Die Luft ist voll von Militärmusik. An der Ecke stehen zwei Prostituierte. Es ist bereits spät am Nachmittag. Der Stadtrat Ammetsberger geht vorbei. Die Prostituierten zwinkern.

ERSTE Kennst du den?
ZWEITE Er ist nicht unrecht.
ERSTE Ich glaub, er ist was bei der Stadt. Irgendein Tier.
ZWEITE Wahrscheinlich.
Jetzt wehen die Fahnen im Winde.
ZWEITE *sieht empor:* Wenns nur keine Fahnen gäb –
ERSTE Fahnen sind doch direkt erhebend.
ZWEITE Nein – wenn ich so Fahnen seh, ists mir immer, als hätten wir noch Krieg.
ERSTE Ich kann nichts gegen den Weltkrieg sagen. Das wär undankbar. *Mit dem Lippenstift.* Für mich sind am besten Gemäldeausstellungen, überhaupt künstlerische Veranstaltungen. Auch so vaterländische Feierlichkeiten sind nicht schlecht.
Pause.
ZWEITE Eigentlich ist der Krieg dran schuld.
ERSTE An was denn?
ZWEITE An mir.
ERSTE Lächerlich! Alle reden sich naus auf den armen Krieg!
ANNA *kommt und hält an der anderen Ecke; sie wartet.*
ERSTE Wer ist denn das?
ZWEITE Ich kenn sie nicht.
ERSTE Die sieht so neu aus. Und dann sieht sie doch wem ähnlich –

ZWEITE *grinst:* Dir –

ERSTE *starrt sie an:* Also das war jetzt gemein von dir, Luise.

DREI FASCHISTEN *kommen an Anna vorbei.*

ANNA *weicht ihnen aus.*

DIE FASCHISTEN *halten vor ihr und grinsen sie an.*

ANNA *will ab.*

MARTIN *tritt ihr in den Weg, grüßt kurz und spricht mit ihr.*

DIE FASCHISTEN UND DIE PROSTITUIERTEN *horchen, hören aber nichts.*

ANNA Und?

MARTIN Da gibts kein Und. Er hat sich halt wieder herausgelogen, der Herr Stadtrat. Das wäre unter seiner republikanischen Würde, hat er gesagt. Es kommt alles, wie es kommen muß.

ANNA Ein korrupter Mensch.

MARTIN Herrschen tut der Profit. Also regieren die sozialen Elemente. Und die schaffen sich eine Welt nach ihrem Bilde. Aber garantiert! Heut gibts noch einen Tanz auf denen ihrer italienischen Nacht! Zur freundlichen Erinnerung!

DIE FASCHISTEN *beschäftigen sich nun mit den Prostituierten.*

Stille.

ANNA Weißt du, was die Genossen sagen?

MARTIN Was?

ANNA Daß du eine Zukunft hast.

MARTIN *zuckt die Schulter:* Sie kennen mich halt. Ich müßt aber fort. In irgendeine Metropole.

ANNA Ich hab auch das Gefühl, daß man auf dich wartet.

MARTIN Hier hab ich ein viel zu kleines Betätigungsfeld. Das könnt auch ein anderer machen, was ich hier mach.

ANNA Nein, das könnt keiner so machen!

MARTIN Du weißt, daß ich das nicht gern hör!

ANNA Aber es ist doch so! Wenn alle so wären wie du, stünd es besser um uns Menschen.

MARTIN Aber ich kann doch nichts dafür, daß ich so bin! Daß ich der Intelligentere bin und daß ich mehr Durchschlagskraft hab, das verpflichtet mich doch nur, mich noch intensiver für das Richtige einzusetzen! Ich mag das nicht mehr hören, daß ich eine Ausnahme bin, Herrgottsakrament! Ich bin keine, merk dir das!

ANNA Das kannst einem doch auch anders sagen, daß du keine Ausnahme bist –

Stille.

MARTIN Anna, die Zeit braust dahin und es gibt brennendere Probleme auf der Welt als wie Formfragen. Vergiß deine Pflichten nicht! *Ab.*

ZWEI FASCHISTEN *sind inzwischen mit den Prostituierten verschwunden; der Dritte fixiert nun Anna.*

ANNA *plötzlich:* Nun?

DER DRITTE *grinst.*

ANNA *lächelt:* Nun?

KARL *erscheint hinter dem Faschisten.*

ANNA *fährt zurück.*

KARL Pardon!

DER DRITTE *grinst; er grüßt Anna spöttisch-elegant und ab.*

Stille.

KARL *unterdrückt seine Erregung:* Pardon, Gnädigste!

ANNA Du Trottel.

KARL Um Gotteswillen. Eine Anna und dieser Faschist, da stürzt ja in mir eine Welt zusammen – Wer ist jetzt verrückt? Ich oder du?!

ANNA Du!

KARL Armer Martin! –

ANNA *unterbricht ihn:* Wenn der Martin dich jetzt gesehen hätt, hätt er jetzt schon keine Haar mehr, du unüberlegter Mensch! Ich streng mich da an, fädel was ein und du zertrampelst mir wieder alles!

KARL Unüberlegt!

ANNA Und unverantwortlich!

KARL Unverantwortlich! Grad schimpft mich der Martin zusammen, weil ich mich für ein unpolitisches Weib interessier, und derweil bandelt die Seine mit einem Faschisten an – ich glaub, ich bin verrückt!

ANNA So beruhig dich doch!

KARL Armer Martin!

ANNA Aber ich tu doch nichts ohne Martin!

KARL *starrt sie verdutzt an:* Wie war das?

ANNA Ich soll doch nur einen Faschisten kennen lernen, um ihn auszuhorchen – der Martin möcht noch etwas Genaueres über denen ihre Kleinkaliber wissen.

Stille.

KARL Ist das echt?

ANNA Was hast denn du jetzt gedacht?

KARL Ich? *Er stockt.* Pardon!

ANNA Das war doch eine grobe Beleidigung –

KARL Pardon!

ANNA Schäm dich.

Stille.

KARL Anna. Ich hab schon viel erlebt auf erotischem Gebiete, und dann wird man halt mit der Zeit leicht zynisch. Besonders wenn man so eine scharfe Beobachtungsgabe hat. Du bist natürlich eine moralische Größe. Du hast dich überhaupt sehr verändert.

ANNA *lächelt:* Danke.

KARL Bitte. Du warst mal nämlich anders. Früher.

ANNA *nickt:* Ja, früher.

KARL Da warst du nicht so puritanisch.

Stille.

ANNA *plötzlich ernst:* Und?

KARL Wenn ich dich so seh, krieg ich direkt einen Moralischen. Der Martin hat schon sehr recht, man soll sich nicht so gehen lassen – jetzt hab ich halt schon wieder ein Rendezvous, sie ist zwar politisch indifferent – *Er sieht auf seine Uhr.*

ANNA Dann würd ich an deiner Stelle einen heilsamen Einfluß auf sie ausüben.

KARL Meiner Seel, das werd ich auch! Ehrenwort! Es hat doch keinen Sinn, als Vieh durch das Leben zu laufen und immer nur an die Befriedigung seiner niederen Instinkte zu denken – Aber komisch find ich das doch von Martin.

ANNA Was?

KARL Ich könnts ja nie.

ANNA Was denn?

KARL Ich kanns mir nicht vorstellen, wie er dich liebt. Ich meine: ob normal, so wie sichs gehört –

ANNA Was willst du?

KARL Es tät mich nur interessieren. Wenn er nämlich sowas von dir verlangt, er schickt dich doch gewissermaßen auf den politischen Strich – Ob er dabei innere Kämpfe hat?

ANNA Innere Kämpfe?

KARL Ja!

Stille.

ANNA Aber was! Du kannst mich nicht durcheinander bringen! Ich kenn den Martin besser! Der steht über uns allen! Ich war blöd, dumm, verlogen, klein, häßlich – er hat mich emporgerissen. Ich war nie mit mir zufrieden. Jetzt bin ichs.

KARL *verbeugt sich leicht.*

ANNA Jetzt hab ich einen Inhalt, weißt du? *Langsam ab.*

KARL *sieht auf seine Uhr.*

Es dämmert stark.

LENI *kommt:* Guten Abend, Herr Karl! Ich freu mich nur, daß Sie noch da sind! Ich konnt leider nicht früher!

KARL Wir haben ja noch Zeit. Und dann siehts ja auch nicht schlechter aus, wenn man später kommt.

LENI Warum denn so traurig?

KARL Traurig?

LENI Nein, diese Stimme – wie aus dem Grab. *Sie lächelt.*

KARL Ich hab grad ein Erlebnis hinter mir. Ich glaub, ich bin verflucht.

LENI Aber Herr Karl! Wenn jemand einen so schönen Gang hat! *Sie lacht und verstummt wieder plötzlich, da er totenernst bleibt.*

Stille.

KARL Ja, Fräulein. Sie verstehen mich anscheinend nicht, ich müßt Ihnen das nämlich stundenlang auseinandersetzen – Ich seh schwarz in die Zukunft, Fräulein.

LENI Geh, Sie sind doch ein Mann –

KARL Gerade als Mann darf man eher verzweifeln, besonders ich, weil ich den politischen Tagesereignissen näher steh. – Sie kümmern sich nicht um Politik?

LENI Nein.

KARL Das sollten Sie aber.

LENI Warum redens denn jetzt darüber?

KARL In Ihrem Interesse.

LENI Wollens mich ärgern?

KARL Es wäre Ihre Pflicht als Staatsbürger –

LENI Warum wollens mir denn jetzt die ganze Stimmung verderben, ich hab mich ja schon so gefreut auf Ihre italienische Nacht!

Stille.

KARL Ich bin nämlich nicht so veranlagt, daß ich eine Blume einfach nur so abbrech am Wegrand, ich muß auch menschlich einen Kontakt haben – und das geht bei mir über die Politik.

LENI Geh, das glaubens doch selber nicht!

KARL Doch! Ich könnt zum Beispiel nie mit einer Frau auf die Dauer harmonieren, die da eine andere Weltanschauung hätt.

LENI Ihr Männer habt alle eine ähnliche Weltanschauung!

Stille.

KARL Sie sind doch eine Deutsche?

LENI Ja.

KARL Sehns, Fräulein, das ist der Fluch speziell von uns Deutschen, daß wir uns nicht um Politik kümmern, wir sind kein politisches Volk – bei uns gibts noch massenweis Leut, die keine Ahnung haben, wer sie regiert.

LENI Ist mir auch gleich. Besser wirds nicht. Ich schau, daß ich durchkomm.

KARL Mir scheint, Sie haben keine Solidarität.

LENI Redens doch nicht so protzig daher!

KARL Mir scheint, daß Sie gar nicht wissen, wer der Reichspräsident ist?

LENI Ich weiß nicht, wie die Leut heißen!

KARL Wetten, daß Sie nicht wissen, wer der Reichskanzler ist?

LENI Weiß ich auch nicht!

KARL Also das ist ungeheuerlich! Und wiedermal typisch deutsch! Können Sie sich eine Französin vorstellen, die das nicht weiß?

LENI So gehens halt nach Frankreich!

KARL Wer ist denn der Reichsinnenminister? Oder wieviel Reichsminister haben wir denn? Ungefähr?

LENI Wenn Sie jetzt nicht aufhören, laß ich Sie stehen!

KARL Unfaßbar!

Stille.

LENI Das hab ich mir auch anders gedacht, diesen Abend.

KARL Ich auch.

LENI Einmal geht man aus – und dann wird man so überfallen.

KARL *sieht auf seine Uhr:* Jetzt wirds allmählich Zeit.

LENI Am liebsten möcht ich gar nicht mehr hin –

KARL Aber was! *Er umarmt sie und gibt ihr einen Kuß.*

LENI *wehrt sich nicht.*

Viertes Bild

Im Gartenlokal des Josef Lehninger.
Nun ist es finster geworden und nun steigt die italienische Nacht der hiesigen Ortsgruppe des Republikanischen Schutzbundes. Mit Girlanden und Lampions, Blechmusik und Tanz. Eben tanzen der Stadtrat Ammetsberger, Kranz, Betz, Engelbert u.s.w. mit ihren Damen eine Française (Offenbach) – auch Karl und Leni sind dabei. Martin und seine Genossen sitzen etwas abseits und sehen finster zu.

ERSTER GENOSSE Ein feiner Genosse!
ZWEITER Wer?
ERSTER *deutet auf Karl:* Dort.
DRITTER Diese Künstlernatur?
ERSTER Martin. Der hat dir doch sein Ehrenwort gegeben, daß er nicht tanzt?
MARTIN Ja. Das auch.
VIERTER Ein Schuft!
FÜNFTER Einer mehr.
ERSTER Und jedsmal wegen einem Frauenzimmer –
Pause.
VIERTER Die bildt sich aber was ein!
DRITTER Gott wie graziös!
FÜNFTER Die wirds auch nimmer begreifen, wos hinghört.
ZWEITER Wer ist denn das Frauenzimmer?
ERSTER Auch nur Prolet!
SECHSTER Nein. Das ist was bedeutend feineres. Das ist eine Angestellte – *Er grinst.*
DRITTER *lacht.*
SIEBENTER Wann gehts denn los?

DRITTER *verstummt plötzlich.*

MARTIN Bald! *Er erhebt sich, tritt nahe an die Tanzenden heran und sieht zu; jetzt spielt die Musik einen Walzer, einige Paare hören auf zu tanzen – u. a. auch der Stadtrat Ammetsberger.*

STADTRAT Na was war das für eine Idee?

ENGELBERT Eine Prachtidee!

STADTRAT Ich wußt es doch, daß solch ein zwangloses gesellschaftliches Beisammensein uns Republikaner menschlich näher bringen würde.

KRANZ *ist leicht angetrunken:* Ich freu mich nur, daß wir uns von dieser Scheißreaktion nicht haben einschüchtern lassen, und, daß wir diese bodenlose Charakterlosigkeit unseres lieben Josef mit einer legeren Handbewegung bei Seite geschoben haben. *Er rülpst.* Das zeigt von innerer Größe.

STADTRAT Eine Prachtidee.

ENGELBERT Eine propagandistische Tat!

KRANZ Diese Malefizfaschisten täten sich ja nicht wenig ärgern, wenn sie sehen könnten, wie ungeniert wir Republikaner uns hier bewegen! *Er torkelt etwas.*

ENGELBERT Wo stecken denn jetzt diese Faschisten?

BETZ Ich hab was von einer Nachtübung gehört.

ENGELBERT Na viel Vergnügen!

KRANZ Prost!

STADTRAT Dieser kindische Kleinkaliberunfug.

BETZ Aber sie sollen doch auch Maschinengewehre –

STADTRAT *unterbricht ihn:* Redensarten! Nur keinen Kleinmut, Kameraden! – Darf ich euch meine Frau vorstellen, meine bessere Hälfte.

KRANZ Sehr erfreut!

ENGELBERT Angenehm!

BETZ Vom Sehen kenn wir uns schon.

DIE BESSERE HÄLFTE *lächelt unsicher.*

STADTRAT So – Woher kennt ihr euch denn?

BETZ Ich hab dich mal mit ihr gehen sehen.

STADTRAT Mich? Mit ihr? Wir gehen doch nie zusammen aus!

BETZ Doch. Und zwar dürft das so vor Weihnachten gewesen sein –

STADTRAT Richtig! Das war an ihrem Geburtstag! Der einzige Tag im Jahr, an dem sie mitgehen darf, ins Kino – *Er lächelt und kneift sie in die Wange.* Sie heißt Adele. Das heut ist nämlich eine Ausnahme, eine große Ausnahme – Adele liebt die Öffentlichkeit nicht, sie ist lieber daheim – *Er grinst.* Ein Hausmütterchen.

KRANZ *zu Adele:* Trautes Heim, Glück allein. Häuslicher Herd ist Goldes Wert. *Er rülpst.* Die Grundlage des Staates ist die Familie. Was Schönres kann sein, als ein Lied aus Wien. *Er torkelt summend zu seinem Bier.*

BETZ Ein Schelm.

ENGELBERT *zu Adele:* Darf ich bitten!

STADTRAT Danke! Adele soll nicht tanzen. Sie schwitzt.

Pause; Engelbert tanzt nun mit einer Fünfzehnjährigen.

ADELE *verschüchtert:* Alfons.

STADTRAT Nun?

ADELE Ich schwitz ja gar nicht

STADTRAT Überlaß das mir, bitte.

ADELE Warum soll ich denn nicht tanzen?

STADTRAT Du kannst doch gar nicht tanzen!

ADELE Ich? Ich kann doch tanzen!

STADTRAT Seit wann denn?

ADELE Seit immer schon.

STADTRAT Du hast noch nie tanzen können! Selbst als blutjunges Mädchen nicht, merk dir das! Blamier mich nicht! *Er zündet sich eine Zigarre an.*

Pause.

ADELE Alfons. Warum hast du gesagt, daß ich die Öffentlichkeit nicht lieb? Ich ging doch gern öfters mit – Warum hast das gesagt?

STADTRAT Darum.

Pause.

ADELE Ich weiß ja, daß du im öffentlichen Leben stehst, eine öffentliche Persönlichkeit –

STADTRAT Furie.

ADELE Du stellst einen immer in ein falsches Licht. Du sagst, daß ich mit dir nicht mitkomm –

STADTRAT *unterbricht sie:* Siehst du!

ADELE *gehässig:* Was denn?

STADTRAT Daß du mir nicht das Wasser reichen kannst.

Pause.

ADELE Ich möcht am liebsten nirgends mehr hin.

STADTRAT Also! *Er läßt sie stehen; zu Betz.* Meine Frau, was? *Er grinst.* Wenn du zum Weibe gehst, vergiß die Peitsche nicht.

BETZ Das ist von Nietzsche.

STADTRAT Sie folgt aufs Wort. Das doch ein herrlicher Platz hier! Diese uralten Stämme und diese ozonreiche Luft – *Er atmet tief.*

BETZ Das sind halt die Wunder der Natur.

STADTRAT Die Wunder der Schöpfung – es gibt nichts Herrlicheres. Ich kann das besser beurteilen, weil ich ein Bauernkind bin. Wenn man so in den Himmel schaut, kommt man sich so winzig vor – diese ewigen Sterne! Was sind wir daneben?

BETZ Nichts.

STADTRAT Nichts. Gott hat doch einen feinen Geschmack.

BETZ Es ist halt alles relativ.

Pause.

STADTRAT Du, Betz. Ich hab mir ein Grundstück gekauft.

BETZ Wo denn?

STADTRAT Fast ein Tagwerk. Mit einer Lichtung – Schau, lieber guter Freund: die Welt hat Platz für anderthalb Milliarden Menschen, warum soll mir da nicht von dieser großen Welt so ein kleines Platzerl gehören –

ERSTER GENOSSE *hat unfreiwillig gelauscht:* Ein feiner Marxist!

STADTRAT Was hat der gesagt?

BETZ So laß ihn doch!

ADELE Er hat gesagt: ein feiner Marxist.

Pause.

STADTRAT Wie du das einem so einfach ins Gesicht sagst. – Toll!

ADELE Ich hab ja nur gesagt, was er gesagt hat.

STADTRAT Wer? Was sich da diese unreifen Spritzer herausnehmen! Überhaupt! *Er deutet auf Martin und seine Genossen.* Dort hat noch keiner getanzt – saubere Jugend! Opposition und Opposition. Revolte oder dergleichen. Spaltungserscheinungen. Nötige Autorität. Man muß. *Er will an seinen Biertisch, stockt jedoch, da er sieht, daß Martin und seine Genossen eine leise debattierende Gruppe bilden; er versucht zu horchen – plötzlich geht er rasch auf Martin zu.* Martin. Was hast du da gesagt? Feiner Marxist, hast du gesagt?

MARTIN Ich habs zwar nicht gesagt, aber ich könnts gesagt haben.

STADTRAT Und wie hättest du das gemeint, wenn du es gesagt hättest?

MARTIN Wir sprechen uns noch. *Er läßt ihn stehen.*

Akkord und Gong.

ENGELBERT *auf dem Podium:* Meine Damen und Herren! Kameraden! Eine große erfreuliche Überraschung hab ich euch mitzuteilen! Es steht euch ein seltener Kunstgenuß bevor! Frau Hinterberger, die Gattin unseres verehrten lieben Kassiers, hat sich liebenswürdigerweise bereit erklärt, uns mit ihrer Altstimme zu entzücken! *Bravorufe und Applaus.* Ich bitte um Ruhe für Frau Hinterberger!

FRAU HINTERBERGER *betritt das Podium mit Applaus begrüßt:* Ich singe Ihnen eine Ballade von Löwe. Heinrich der Vogler. *Sie singt die Ballade; großer Beifall, nur Martin und seine Genossen beteiligen sich nach wie vor an keiner Ovation; nun wird wieder weitergetanzt.*

LENI *zu Karl:* Das war aber schön. Ich bin nämlich sehr musikalisch.

KARL Das hab ich schon bemerkt.

LENI An was denn?

KARL An deinem Tanzen. Du hast ein direkt exorbitantes rhythmisches Feingefühl –

LENI Das hängt aber nicht nur von mir ab. Das hängt auch vom Herrn ab.

KARL Hast es also nicht bereut?

LENI *lächelt:* Werd mir nur ja nicht wieder politisch – Versprichs mir, daß du es nimmer werden wirst, auf Ehrenwort.

KARL Auf Ehrenwort –

LENI Komm!

KARL Schon wieder?

LENI Heut könnt ich mal wieder ewig tanzen! Bis an das Ende der Welt!

KARL Respekt!

MARTIN *zu Karl:* Karl, darf ich dich einen Augenblick –

KARL Bitte. *Zu Leni.* Pardon! *Zu Martin.* Nun?

MARTIN *nach kleiner Pause:* Du hast mir doch versprochen, nicht zu tanzen –

KARL *wird nervös:* Hab ich das?

MARTIN Ja. Du hast mir sogar versprochen, daß wenn es jetzt hier zu der bevorstehenden weltanschaulichen Auseinandersetzung –

KARL *unterbricht ihn:* Also bitte werd nur nicht wieder moralisch!

MARTIN Du hast halt wiedermal dein Ehrenwort gebrochen.

KARL Ist das dein Ernst?

MARTIN Ja.

Pause.

KARL *lächelt böse:* Wo steckt denn deine Anna?

MARTIN Was soll das?

KARL Sie wird wohl bald erscheinen?

MARTIN Hast du sie gesehen?

KARL Ja.

MARTIN Allein oder mit?

KARL Mit.

MARTIN *lächelt:* Dann ists ja gut.

KARL Meinst du?

MARTIN Ja.

Pause.

KARL *grinst:* Honny soit, qui mal y pense!

MARTIN Was heißt das?

KARL Das heißt allerhand.

MARTIN Ich bin dir nicht bös, du tust mir leid. Es ist nämlich schad um dich mit deinen Fähigkeiten. Aber du hast immer nur Ausreden. Ein halber Mensch – *Er läßt ihn stehen.*

Akkord und Gong.

ENGELBERT *auf dem Podium:* Meine Sehrverehrten! Kameraden! Und abermals gibts eine große erfreuliche Überraschung im Programm! In dem Reigen unserer künstlerischen Darbietungen folgt nun ein auserlesenes Ballett, und zwar getanzt von den beiden herzigen Zwillingstöchterchen unseres Kameraden Leimsieder, betitelt »Blume und Schmetterling«!

DIE HERZIGEN ZWILLINGSTÖCHTERCHEN *dreizehnjährig,*

betreten das Podium mit mächtigem Applaus begrüßt; sie tanzen einen affektierten Kitsch – plötzlich ertönt aus Martins Gegend ein schriller Pfiff; die herzigen Zwillingstöchterchen zucken zusammen, tanzen aber noch weiter, jedoch etwas unsicher geworden; die, denen es gefällt, sehen entrüstet auf Martin – da ertönt abermals ein schriller Pfiff, und zwar ein noch schrillerer.

KRANZ *brüllt:* Ruhe Herrgottsakrament! Wer pfeift denn da, ihr Rotzlöffel?! Lümmel dreckige windige!!

ENGELBERT Wems nicht paßt, der soll raus!

RUFE Raus! Raus!

Tumult.

DIE HERZIGEN ZWILLINGSTÖCHTERCHEN *weinen laut.*

ERSTER GENOSSE *schlägt mit der Faust auf den Tisch:* Runter mit die Kinder und rinn ins Bett! Wir wollen hier kein Säuglingsballett!

KRANZ Halts Maul sag ich!

ZWEITER Halts du!

EINE TANTE Seht wie die Kindlein weinen, ihr Rohlinge!

DRITTER Hoftheater! Hoftheater!

STADTRAT Jetzt wirds mir zu dumm!

FÜNFTER Huhu!

STADTRAT Oh ich bin energisch!

VIERTER Tatü tata!

STADTRAT Jetzt kommt die Abrechnung!

SIEBENTER Bravo!

STADTRAT Kusch grüner Lausejunge!

SIEBENTER Es kann nicht jeder ein alter Krüppel sein!

STADTRAT *außer sich:* Was hat der gesagt?! Krüppel hat er gesagt?!

SIEBENTER Zurück!

FÜNFTER Zurück! Sonst!

SIEBENTER Feiner Marxist! Feiner Marxist!

STADTRAT Ich?! Ich hab das kommunistische Manifest bereits auswendig hersagen können, als du noch nicht geboren warst, du Flegel!
Pfiff.

DIE TANTE Diese Barbaren stören ja nur den Kunstgenuß!

SECHSTER Du mit deinem Kunstgenuß!

DRITTER Blume und Schmetterling!

ERSTER Mist! Mist! Mist!

KRANZ Oh ihr Kunstbarbaren! *Er fällt fast um vor lauter Rausch.*

ENGELBERT Seht, was ihr angerichtet habt! Kindertränen! Schämt ihr euch denn gar nicht?! Oder habt ihr denn keine Ahnung, mit welcher Liebe das hier einstudiert worden ist – Wochen hindurch haben der Kamerad Leimsieder und seine Frau jede freie Minute geopfert, um uns hier beglücken zu können!

MARTIN Hätt er doch lieber seine freien Minuten geopfert, um die Schlagstärke unserer Organisation auszubaun! Kameraden! Ich weiß, daß ich als Redner manchen meiner ehrenwerten Kameraden nicht gerade sympathisch bin –

DIE TANTE Stören Sie unsere Nacht nicht!

MARTIN Solche Nächte gehören gestört! Und gesprengt! Genossinnen und Genossen! Während wir hier Familienfeste mit republikanischem Kinderballet arrangieren, arrangiert die Reaktion militärische Nachtübungen mit Maschinengewehren! Oder wollt ihr es nicht sehen, wie sie das Proletariat verleumden, verhöhnen, korrumpieren und ausbeuten, schlimmer als je zuvor! Drum Schluß mit dieser Spießerei! Oder habt ihr denn schon den Satz vergessen: oh wenn doch nur jeder Prolet sein Vergnügen in der revolutionären Tätigkeit fände! Es bleibt zu fordern: sofortige Einberufung des Vorstandes und Beschlußfassung über den Vorschlag:

Bewaffnung mit Kleinkalibern!

STADTRAT Kameraden! Ein Frevler wagt hier unser Fest zu stören, bringt kleine Kinderchen zum Weinen – Kameraden! Was Martin verlangt, ist undurchführbar! Wir wollen nicht in die Fußstapfen der Reaktion treten, wir nehmen keine Kanonen in die Hand, aber wer die demokratische Republik ernstlich zu bedrohen wagt, der wird zurückgeschlagen!

MARTIN Mit was denn?

STADTRAT An unserem unerschütterlichen Friedenswillen werden alle Bajonette der internationalen Reaktion zerschellen!

SIEBENTER GENOSSE *lacht ihn aus.*

STADTRAT So sehen die Leute aus, die die Macht der sittlichen Idee leugnen!

ERSTER GENOSSE Sprüch, du Humanitätsapostel!

STADTRAT Das sind keine Sprüch! Wir wollen keine Waffen mehr sehen, ich selbst hab zwei Söhne im Krieg verloren!

VIERTER GENOSSE Im nächsten Krieg sind wirs, ich und der Stiegler und der da und der da!

KRANZ *ahmt ihn nach:* Und ich da und ich da und ich da!

STADTRAT Es hat eben keinen Krieg mehr zu geben! Dieses Verbrechen werden wir zu vereiteln wissen!

MARTIN Genau wie 1914!

STADTRAT Das waren ganz andere Verhältnisse!

MARTIN Immer dasselbe, immer dasselbe!

STADTRAT Wo warst denn du 1914! Im Kindergarten!

MARTIN Und du? Du hast auch schon 1914 mit den Taten deiner Vorfahren geprotzt, das können wir Jungen ja allerdings nicht! Genossen! Wenn das so weitergeht, erwachen wir morgen im heiligen römisch-mussolinischen Reich deutscher Nation!

ENGELBERT Zur Geschäftsordnung! Ich fordere kraft unserer Statuten den sofortigen Ausschluß des Kameraden Martin!

STADTRAT Bravo!

ENGELBERT Und zwar wegen unkameradschaftlichen Verhaltens!

MARTIN Bravo! Kommt! *Ab mit seinen Genossen.*

Fünftes Bild

Vor dem Wirtshaus des Josef Lehninger. Martin und seine Genossen verlassen die italienische Nacht.

MARTIN Also Ausschluß. Wegen unkameradschaftlichen Verhaltens. Wer lacht da nicht?
Stille.

ZWEITER Wohin?

MARTIN Zu mir. Wir müssen sofort an die Arbeit. Bald zieht sich die Bourgoisie in den Turm der Diktatur zurück. Wir sind bereit.

ERSTER Mit M. G.!

MARTIN Ruhe! Immer daran denken!
Stille.
Übrigens: ist das wahr, daß du Majestät verdreckt hast?

SIEBENTER *gewollt hochdeutsch:* Wir haben es uns erlaubt, das Denkmal Seiner Majestät mit etwas roter Farbe zu verunzieren.

MARTIN Wer wir?

SIEBENTER Ich.

VIERTER Und ich.

MARTIN So. Das hat natürlich keinen Sinn, oder?
Stille.
Seine Majestät sind ja bereits verwest, sorgt lieber dafür, daß man den Herren Kapitalisten dereinst keine Denkmäler errichtet.

KARL *kommt mit Leni aus dem Wirtshaus:* Drinnen geht alles drunter und drüber.

DRITTER Sehr erfreut!

KARL Die ganze Stimmung ist beim Teufel!

SECHSTER Dann ist sie dort, wo sie hinghört!

KARL Martin. Ich bitte dich um Verzeihung.

MARTIN Wegen was?

KARL Daß ich mein Ehrenwort gebrochen hab. Das war natürlich eine Gaunerei, ich hab mir das genau überlegt, aber es war halt nur scheinbar eine Gaunerei. Ich habs ja nur scheinbar gebrochen.

MARTIN Wie willst du das verstanden haben?

KARL Schau, ich mußte doch tanzen. Ich hab es nämlich deiner Anna versprochen, daß ich das Fräulein da hinter mir zu unseren Idealen bekehren werd, und da muß man doch so einem Fräulein entgegenkommen, sowas geht doch nur nach und nach –

MARTIN Daß du immer nur Fräuleins bekehrst –

KARL Jeder an seinem Platz. Ich gehör halt zu einer älteren Generation, als wie du, das macht schon was aus, obwohl zwischen uns ja nur fünf Jahr Unterschied sind, aber fünf Kriegsjahr – ich war doch bis 1920 gefangen.

MARTIN Die historischen Gesetze kümmern sich einen Dreck um Privatschicksale, sie schreiten unerbittlich über den Einzelnen hinweg, und zwar vorwärts.

KARL Da geb ich dir vollständig recht.

MARTIN Du wärst ja brauchbar, wenn man dir glauben könnt. Aber das kann man eben nicht, weil du ein halber Mensch bist.

KARL Du hast halt keine Konflikte mit deiner Erotik. Meiner Seel, manchmal beneid ich dich!

MARTIN Und du tust mir leid. Ich habs immer wieder versucht mit dir. Jetzt ists aus. Ich leg keinen Wert mehr auf deine Mitarbeit.

KARL *verbeugt sich leicht:* Bitte! Pardon!

DIE GENOSSEN *sind während dieser Szene verschwunden.*

ANNA *kommt.*

MARTIN Anna!

ANNA Jetzt bin ich aber erschrocken!

MARTIN Du?

ANNA Ich dacht, du wärst wer anders –

MARTIN So.

ANNA Du warst mir jetzt so fremd.

MARTIN *fast spöttisch:* War ich das? – Nun? Hast was erreicht?

ANNA Verschiedenes.

MARTIN Erstens?

ANNA Erstens hab ich erfahren, daß diese Faschisten unsere italienische Nacht sprengen wollen –

MARTIN *unterbricht sie:* Erstens ist das nicht unsere italienische Nacht! Und zweitens ist denen ihre italienische Nacht bereits gesprengt. Ich hab sie gesprengt.

ANNA Schon?

MARTIN Später! Und?

ANNA Die Faschisten wollen hier alles verprügeln.

MARTIN So ists recht! Das vergönn ich diesem Vorstand! Diese Spießer sollen jetzt nur mal am eigenen Leibe die Früchte ihrer verräterischen Taktik verspüren! Wir Jungen überlassen sie ihrem Schicksal und bestimmen unser Schicksal selbst!

ANNA Das würd ich aber nicht tun.

MARTIN Was heißt denn das?

ANNA Ich würds nicht tun. Ich würd ihnen schon helfen, sie stehen uns doch immer noch näher, als wie die anderen.

MARTIN Was du da nicht sagst –

ANNA Wenn ichs dem Stadtrat auch gönn, daß er verprügelt wird, aber es sind doch auch noch andere dabei, dies vielleicht ehrlich meinen –

MARTIN *spöttisch:* Meinst du?

ANNA Und zu guter Letzt geht das doch keinen Dritten was an, was wir unter uns für Konflikte haben! Das sind doch unsere Konflikte!

MARTIN *gehässig:* Ich glaub, daß das deine Privatansicht ist.

ANNA Red nicht so hochdeutsch, bitte.

Stille.

MARTIN Und?

ANNA Sonst nichts. Die Faschisten sind halt ganz fürchterlich wütend – es soll heute Abend irgend ein Denkmal verunreinigt worden sein.

MARTIN Ja, das war der Stiegler, dieser Idiot –

ANNA Martin!

MARTIN *überrascht:* Ha?

ANNA Martin, weil einer von uns das Denkmal verdreckt hat, sollen jetzt die Anderen da drinnen verprügelt werden?! Das find ich aber feig! Das ist unser nicht würdig! Das ist ungerecht – *Sie stockt, da Martin plötzlich fasziniert auf ihren Hals starrt.*

Stille.

MARTIN *leise:* Was ist denn das dort für ein Fleck?

ANNA Wo?

MARTIN Da.

ANNA Da? Das ist ein blauer Fleck –

Stille.

MARTIN So.

ANNA Er war halt so grob.

MARTIN *etwas unsicher:* So, war er das –

ANNA So sind sie alle, die Herren Männer.

Stille.

MARTIN Schau mich an.

ANNA *schaut ihn nicht an.*

MARTIN Warum schaust mich denn nicht an?

ANNA Weil ich dich nicht anschaun kann.

MARTIN Und warum kannst du mich jetzt nicht anschaun? Schau mich doch nicht so dumm an, Herrgottsakrament!

Stille.

ANNA Mir wars jetzt nur plötzlich so eigenartig –

MARTIN Wieso?

ANNA Was du da nämlich von mir verlangst, daß ich mich nämlich mit irgendeinem Faschisten einlaß, – und, daß gerade du das verlangst –

MARTIN Was sind denn das für neue Gefühle?

ANNA Nein, das waren alte –

MARTIN Du weißt, daß ich diese primitiven Sentimentalitäten nicht mag. Nur keine Illusionen, bitte!

ANNA Jetzt redst du wieder so hochdeutsch.

Stille.

MARTIN Anna. Also grob war er zu dir, der Herr Faschist – es ist vielleicht wirklich unter unserer Würde.

ANNA Was?

MARTIN Daß wir nun diese Spießer da drinnen für die verdreckte Majestät büßen lassen – Nein! Diesen Triumph wollen wir den Herren Faschisten nicht gönnen! Komm! *Ab mit Anna.*

KARL *hat sich mit Leni während dieser Szene auf eine Bank gesetzt.*

LENI Warum schweigst du schon so lang?

KARL Weil es mir weh um das Herz herum ist.

LENI Aber! Du kannst doch nichts dafür, daß diese italienische Nacht mit einem Mißton geendet hat!

KARL Ich danke dir. *Er drückt ihr die Hand und vergräbt dann den Kopf in seinen Händen.*

Stille.

LENI Dein Kamerad Martin erinnert mich an einen Bekannten. Mit dem war auch nicht zu reden, weil er nichts anderes gekannt hat, wie sein Motorrad. Er hat zahlreiche Rennen gewonnen und ich hab ihn halt in seinem Training gestört. Sei doch nicht so traurig –

KARL Jetzt möcht ich am liebsten nicht mehr leben.

LENI Warum denn?

KARL Ich hab halt ein zu scharfes Auge. Ich seh, wie sich die Welt entwickelt, und dann denk ich mir, wenn ich nur a paar Jahr jünger wär, dann könnt ich noch aktiv mittun an ihrer Verbesserung – aber ich bin halt verdorben. Und müd.

LENI Das redst du dir nur ein.

KARL Ein halber Mensch! Nur die eine Hälfte hat Sinn für das Gute, die andere Hälfte ist reaktionär.

LENI Nicht deprimiert sein –

KARL Ich glaub, ich bin verflucht.

LENI Nein, nicht!

KARL *erhebt sich:* Doch!

Stille.

LENI Glaubst du an Gott?

KARL Ich fang allmählich an –

LENI Es gibt einen Gott, und es gibt auch eine Erlösung.

KARL Wenn ich nur wüßt, wer mich verflucht hat.

LENI Laß mich dich erlösen.

KARL Du? Mich?

LENI Ich hab viertausend Mark und wir gründen eine Kolonialwarenhandlung –

KARL Wir?

LENI Draußen bei meinem Onkel –

KARL Wir?

LENI Ich und du.

Stille.

KARL Was denkst du jetzt? Denkst du jetzt an eine Ehegemeinschaft? Nein, dazu bist du mir zu schad!

LENI Oh, Mann, sprich doch nicht so hartherzig! Ich kenn dich ja schon durch und durch, wenn ich dich auch erst kurz kenn! *Sie wirft sich ihm an den Hals: große Kußszene.*

KARL Ich hab ja schon immer von der Erlösung durch das

Weib geträumt, aber ich habs halt nicht glauben können – ich bin nämlich sehr verbittert, weißt du!

LENI *gibt ihm einen Kuß auf die Stirne:* Ja, die Welt ist voll Neid.

Sechstes Bild

Im Gartenlokal des Josef Lehninger.
Die italienische Nacht der Ortsgruppe Kaltenbrunn des Republikanischen Schutzbundes ist nun korrekt gesprengt – nur der Vorstand sitzt noch unter den Lampions, und zwar: der Stadtrat Ammetsberger mit Adele, Betz, Engelbert und Kranz. Letzerer schnarcht über einen Tisch gebeugt. Es geht bereits gegen Mitternacht und Adele fröstelt, denn es weht ein kaltes Windchen.

BETZ Was tun, spricht Zeus.
ENGELBERT Heimwärts?
STADTRAT *schnellt empor:* Und wenn die Welt voll Teufel wär, niemals! Wir lassen uns unsere italienische Nacht nicht sprengen! Kameraden, wir bleiben und weichen nicht – bis zur Polizeistund! *Er setzt sich wieder.*
ENGELBERT Hört hört!
STADTRAT *steckt sich nervös eine Zigarre an.*
KRANZ *erwacht und gähnt unartikuliert; zu Betz:* Du, ich hab jetzt grad was Fesches geträumt.
BETZ Wars angenehm?
KRANZ Sehr. Ich hab nämlich grad was von einer Republik geträumt und das war eine komplette Republik, sogar die Monarchisten waren verkappte Republikaner –
BETZ Also das dürft ein sogenannter Wunschtraum gewesen sein.
KRANZ Ha?
ENGELBERT Wie wärs denn mit einem kleinen Tarock?
STADTRAT Tarock?
ENGELBERT Einen Haferltarock –
KRANZ Haferltarock!
STADTRAT Das wär ja allerdings noch das Vernünftigste –

ENGELBERT Karten hab ich – *Er setzt sich mit dem Stadtrat und Kranz unter den hellsten Lampion, mischt und teilt*. Eine Idee!

BETZ *kiebitzt.*

STADTRAT Erster!

ENGELBERT Zweiter!

KRANZ Letzter!

STADTRAT Solo.

KRANZ Und das Licht leuchtet in der Finsternis – *Er spielt aus. Jetzt weht der Wind stärker.*

ADELE *erhebt sich und fröstelt:* Alfons!

STADTRAT *läßt sich nicht stören:* Bitte?

ADELE Wann gehen wir denn endlich?

STADTRAT Zweimal sag ichs nicht! Eichel!

ADELE Ich erkält mich noch –

STADTRAT Das tät mir aber leid, Herz!

KRANZ Und Herz!

ENGELBERT Und Herz!

BETZ *nähert sich Adele:* Wir bleiben bis zur Polizeistund, Frau Stadtrat.

ADELE Wann ist denn Polizeistund?

BETZ Um zwei.

ADELE Und jetzt?

BETZ Jetzt gehts gegen zwölf.

ADELE Oh Gott.

STADTRAT *zu Betz:* So laß sie doch bitte!

Pause.

ADELE Hier hol ich mir noch den Tod.

BETZ Oder eine Lungenentzündung.

Pause.

Der schönste Tod ist ja allerdings der Tod für ein Ideal.

ADELE Ich kenn kein Ideal, für das ich sterben möcht.

BETZ *lächelt leise:* Auch nicht für die Ideale, für die sich Ihr Herr Gemahl aufopfert?

ADELE Opfert er sich denn auf?
BETZ Tag und Nacht.
ADELE Sie müssens ja wissen.
BETZ Es ist natürlich alles relativ.
Pause.
ADELE Glaubens mir, daß ein Mann, der wo keine solchen öffentlichen Ideale hat, viel netter zu seiner Familie ist. Ich mein das jetzt menschlich. Sie sind ein intelligenter Mann, Herr Betz, das hab ich schon bemerkt.
STADTRAT Über was unterhaltet ihr euch denn dort so intensiv?
BETZ Über dich.
STADTRAT Tatsächlich? Habt ihr denn kein dankbareres Thema?
ADELE *boshaft:* Alfons!
STADTRAT Na was denn schon wieder?
ADELE Ich möcht jetzt gern noch ein Schinkenbrot.
STADTRAT Aber du hast doch bereits zwei Schinkenbrote verzehrt! Ich meine, das dürfte genügen! *Er zündet sich eine neue Zigarre an.*
ADELE Wenn du deine Zigarren –
STADTRAT *unterbricht sie:* Oh du unmögliche Person! Pfui! – Und ziehen tut sie auch nicht, weil du mir nichts vergönnst! *Er wirft wütend seine Zigarre fort.* Eine unmögliche Zigarre!
ADELE *erhebt sich:* Ich möcht jetzt nachhaus.
STADTRAT Also werd nur nicht boshaft, bitte!
ADELE Ich geh –
STADTRAT Ich bleib.
ADELE So komm doch!
STADTRAT Nein! Bleib, sag ich!
ADELE Nein, ich muß doch schon wieder um fünfe raus, deine Hemden waschen und –

STADTRAT Du bleibst, sag ich!

ADELE Hier hol ich mir noch den Tod –

STADTRAT Du bleibst und basta! Verstanden?!

ADELE *setzt sich wieder und lächelt geschmerzt.*

STADTRAT Spiele!

ENGELBERT Weiter!

KRANZ Spiele auch!

ENGELBERT Und zwar?

KRANZ Gras!

STADTRAT Schnecken! Bettel! Jawohl, Bettel! Und herauskommen tu ich selber – *Er gewinnt rasch und lacht schallend.*

Stille.

BETZ Warum gehen Sie eigentlich nicht allein nachhaus?

ADELE Weil er mich allein nicht läßt.

BETZ Nicht läßt? Auch allein nicht läßt? Er hat doch kein Recht über Ihre Person – Meiner Seel, da erscheint er mir nun plötzlich in einem ganz anderem Licht, obwohl ich darauf gewartet hab – Alfons Ammetsberger, mein alter Kampfgenosse – fünfunddreißig Jahr – Jaja, das wird wohl das Alter sein. Ob ich mich auch so verändert hab?

STADTRAT *zu Betz:* Ich bitt dich Betz, so laß sie doch in Ruh!

WIRT *erscheint; er ist schwer besoffen und grüßt torkelnd, doch keiner beachtet ihn; er grinst:* Guten Abend, Leutl!

Schweigen.

Auch gut! Boykottiert mich nur, boykottiert mich nur! Mir ist schon alles wurscht, ich wein euch keine Träne nach! Überhaupt sind die Reaktionäre viel kulantere Gäst – Euere jungen Leut saufen ja so bloß a Limonad! Feine Republikaner! Limonad, Limonad!

KRANZ Halts Maul!

WIRT *plötzlich verträumt:* Ich denk jetzt an meinen Abort. Siehst, früher da waren nur so erotische Sprüch an der Wand dringstanden, hernach im Krieg lauter patriotische und jetzt lauter politische – glaubs mir: solangs nicht wieder erotisch werden, solang wird das deutsche Volk nicht wieder gesunden –

KRANZ Halts Maul, Wildsau dreckige!

WIRT Wie bitte? – Heinrich, du bist hier noch der einzig vernünftige Charakter, was hat jener Herr dort gesagt?

BETZ Er hat gesagt, daß du dein Maul halten sollst.

WIRT Hat er? Dieser schlimme Patron – Apropos: ich hab eine reizende Neuigkeit für euch liebe Leutl!

KRANZ Wir sind nicht deine lieben Leutl!

WIRT Was hat er gesagt?

BETZ Daß wir nicht deine lieben Leutl sind, hat er gesagt.

WIRT Hat er das gesagt? – Alsdann: meine Herren! Ich beehre mich, Ihnen eine hocherfreuliche Mitteilung zu machen: Sie sind nämlich umzingelt, meine Herren, radikal umzingelt!

STADTRAT *horcht auf.*

BETZ Wer ist umzingelt?

WIRT Ihr, meine Herren!

ENGELBERT Wieso?

WIRT Meine Herren! Ich habs nämlich grad erfahren, daß euch die Herren Faschisten verprügeln wollen –

STADTRAT *erhebt sich.*

WIRT Die Herren Faschisten behaupten nämlich, daß ihr, meine Herren, das Denkmal weiland Seiner Majestät verdreckt habt und jetzt haben die Herren Faschisten eine pfundige Wut im Bauch und wollen Seine Majestät rächen! Hurrah!

KRANZ Vom wem hast denn das?

WIRT Vom Martin seiner Anna.

STADTRAT Hier hat niemand eine Majestät verdreckt, merk dir das!

WIRT Oh bitte!

In der Ferne eine Trillerpfeife.

Na? *Er grinst.* Habt ihr das jetzt gehört? Jetzt gibts Watschen, meine Herren! Signal. Alarm!

KRANZ Was war denn jetzt das?

WIRT Mussolini persönlich.

ENGELBERT Irrtum!

STADTRAT Lüge! Infame Lüge!

WIRT *drohend:* Hurrah! *Er fällt um.*

KRANZ *zum Wirt:* Du Judas!

WIRT *auf dem Boden:* Ich bin kein Judas, meine Herren! Ich bin euch doch innerlich immer treu geblieben, sogar noch nach der Revolution! Aber was ist denn das jetzt für eine verkehrte Welt! Früher, da war so ein Sonntag das pure Vergnügen, und wenn mal in Gottes Namen gerauft worden ist, dann wegen irgendeinem Trumm Weib, aber doch schon gar niemals wegen dieser Scheißpolitik! Das sind doch ganz ungesunde Symptome, meine Herren!

BETZ Natürlich sind das zuguterletzt ja auch nur Aggressionstriebe –

Und wieder die Trillerpfeife.

STADTRAT Kameraden! Der Mensch ist ein schwaches Rohr im Winde, in Bezug auf das Schicksal, ob er nun Monarchist ist oder Republikaner. Es gibt nun mal Augenblicke im Leben, wo sich auch der Kühnste der Stimme der Vernunft beugen muß, und zwar gegen sein Gefühl! Kameraden, das wäre doch ein miserabler Feldherr, der seine Brigaden in eine unvermeidliche Niederlage hineinkommandieren tät! In diesem Sinne schließe ich nun hiemit unsere italienische Nacht! Vis major, höhere Gewalt! Wo ist mein Hut?

BETZ Ich bleib.

STADTRAT Wieso?

BETZ Ich bin da nämlich etwas anderer Meinung –

STADTRAT Da dürft es doch wohl keine andere Meinung geben!

BETZ Findst du? Wir haben doch in Bezug auf das verdreckte Denkmal ein absolut reines Gewissen.

ENGELBERT Sehr richtig!

BETZ Und infolgedessen find ich es nicht richtig, so davonzulaufen.

STADTRAT Nicht nicht richtig, klug! Diese Faschisten sind doch bekanntlich in der Überzahl und infolgedessen bekanntlich zu jeder Schandtat jederzeit bereit! Wo ist mein Hut?

BETZ Ich bleib. Und wenn sie mich verhaun!

Stille.

STADTRAT *fixiert ihn höhnisch:* Ach, du bist ein Katastrophenpolitiker?

BETZ Ich bleib.

STADTRAT Viel Vergnügen.

BETZ Danke.

STADTRAT Wo ist mein Hut?

BETZ Lieber Prügel als feig.

Stille.

STADTRAT Findst du?

ADELE Ich finds auch.

STADTRAT Du hast hier überhaupt nichts zu finden!

ADELE Ich finds aber!

STADTRAT *nähert sich ihr langsam; unterdrückt:* Du hast hier nichts zu finden, verstanden?!

ADELE Ich sag ja nur, was ich mir denk.

STADTRAT Du hast hier nichts zu denken.

ADELE *boshaft:* Findst du?

STADTRAT Blamier mich nicht, ja!

ADELE Nein.
STADTRAT *kneift sie.*
ADELE Au! Au –
STADTRAT Wirst du dich beherrschen?!
ADELE Au, Alfons! Au –
STADTRAT Daß du dich beherrschst! Daß du dich –
ADELE *reißt sich kreischend los:* Au – Du mit deinem Idealismus!
STADTRAT Oh du unmögliche Person!
ADELE Oh du unmöglicher Mann! Draußen Prolet, drinnen Kapitalist! Die Herren hier sollen dich nur mal genau kennen lernen! Mich beutet er aus, mich! Dreißig Jahr, dreißig Jahr! *Sie weint.*
STADTRAT *mit der Hand vor den Augen:* Adele! Adele – *Und wieder die Trillerpfeife, und zwar in der Nähe.*
KRANZ Da!
Stille.
STADTRAT *nimmt langsam die Hand von den Augen:* Wo ist mein Hut?
WIRT *hat sich schwerfällig erhoben:* Mit oder ohne Hut – Du bist und bleibst umzingelt – *Er rülpst und torkelt ab. Stille.*
ADELE *weinerlich:* Hättest du zuvor die jungen Leut nicht nauswerfen lassen, würd sich jetzt niemand hertraun – Jetzt sind wir doch lauter alte Krüppel –
ENGELBERT Oho!
STADTRAT Herr im Himmel!
ENGELBERT Sehr richtig!
ADELE *grinst plötzlich.*
STADTRAT Lach nicht!
ADELE Wenn ich dich so seh, find ich das direkt komisch, wie du da den jungen Menschen im Weg herumstehst – *Sie schluchzt wieder.*
STADTRAT Heul nicht!

ADELE Das sind die Nerven –

KRANZ Die typische Weiberlogik.

STADTRAT Wir zwei sind getrennte Leut.

KRANZ Langes Haar, kurzer Verstand! – Aber offen gesagt: ich finds ja schon auch, daß es sozusagen etwas überstürzt war, den Martin so mirnix-dirnix auszuschließen, samt seinem Anhang – er hat doch einen ziemlichen Anhang, einen starken Anhang, und nicht den schlechtesten Anhang – und er hat doch sozusagen gar nicht so unrecht gehabt –

STADTRAT Findst du?

KRANZ Wenn wir jetzt auch solche Kleinkaliber hätten, als wie diese Faschisten, dann müßten wir uns jetzt nicht unschuldig verhaun lassen, sondern könnten uns wehren – wehren – das ist doch logisch, ha?

STADTRAT Logisch –

ENGELBERT Logisch oder nicht logisch! Nach den Statuten mußten wir Martin ausschließen!

Und abermals die Trillerpfeife.

KRANZ Hörst deine Statuten? Hörst sie? Ich scheiß dir was auf solche Statuten!

ENGELBERT Hört, hört!

KRANZ Das sind doch ganz veraltete Statuten!

ENGELBERT Natürlich gehören auch Statuten ab und zu geändert, die Welt ist doch in lebendigem Fluß –

STADTRAT *unterbricht ihn:* Findst du?

BETZ Ja. *Er nähert sich ihm.* Alfons. Nicht nur Menschen, auch Statuten altern – und alte Statuten erreichen oft das Gegenteil von dem, was sie bezwecken wollen und werden unbrauchbar und lächerlich –

STADTRAT Findst du?

KRANZ Also ich möchte hiemit offiziell dafür plädieren, daß unseres Kameraden Martin überstürzter Ausschluß wieder rückgängig gemacht werden soll!

STADTRAT Rückgängig?

KRANZ Jawohl!

STADTRAT *sieht sich fragend um.*

BETZ Ja.

ENGELBERT Hm.

STADTRAT *zu Engelbert:* Ja oder nein?

Stille.

ENGELBERT Ja.

Stille.

STADTRAT Wo ist mein Hut?

ADELE *reicht ihm seinen Hut:* Da.

STADTRAT *setzt den Hut tief in die Stirne; tonlos:* Umzingelt. Überfallen. Meuchlerisch. Schlange an der Brust. Auch du mein Sohn Brutus –

ADELE Undank ist der Welten Lohn.

STADTRAT Ich werd mich aus dem politischen Leben zurückziehn – jetzt geh ich nirgends mehr hin – höchstens, daß ich noch kegeln werd oder singen –

ADELE Endlich, Alfons.

Riesiger Tumult vor dem Gartenlokal

KRANZ *bewaffnet sich mit zwei Gartenstühlen:* Jetzt! Da!

ENGELBERT *weicht ganz zurück.*

STADTRAT *scheint nichts zu hören, stiert vor sich hin und zeichnet kleine Zeichen in die Luft.*

BETZ *lauscht.*

MARTIN *betritt rasch den Garten.*

ENGELBERT Martin!

Stille.

MARTIN *lächelt:* Zu Befehl, Herr! Ich gestatte mir nur zu melden, daß hier niemand mehr eine Angst zu haben braucht, denn die Herren Faschisten sind soeben vertrieben worden, und zwar mit Schwung! Ihr Besuch hat nämlich uns gegolten, mir und meinen Genossen, nicht euch! Und wir sind halt nun mal so veranlagt, daß wir für unsere Taten einstehen, selbst wenn so eine Tat auch mal eine richtige Blödheit gewesen sein sollt.

MARTINS GENOSSEN *sind ihm nun in den Garten gefolgt.*

KRANZ Also das ist sehr edel von euch, nicht andere Unschuldige für eure Blödheiten büßen zu lassen!

BETZ Martin! Du weißt, daß ich dich sehr schätz –

ENGELBERT *unterbricht ihn:* Martin! Ich bin durch den Gang der Dinge zu der Überzeugung gekommen, daß dein Ausschluß ungerechtfertigt ist, und ich bedauer es ehrlich, daß ich ihn so überstürzt gefordert hab.

BETZ Im Namen des Vorstandes bitte ich dich, wieder unser Kamerad zu werden.

MARTIN *verbeugt sich leicht:* Danke. Aber leider seid ihr zu spät dran, denn es wurde bereits ein neuer Schutzbund gegründet.

ENGELBERT *setzt sich.*

STADTRAT *trocknet sich verstohlen einige Tränen ab.*

KRANZ *stiert Martin fassungslos an.*

MARTIN *zu Betz:* Aber im Namen unseres jungen Schutzbundes kann ich dir nur mitteilen, daß es uns freuen würde, dich als unseren Kameraden begrüßen zu können –

BETZ *verbeugt sich leicht:* Danke.

MARTIN *lächelt:* Es tut mir nämlich schon lange weh, daß ich dich in der Gesellschaft seh –

ENDE

Italienische Nacht

Volksstück [in sieben Bildern]

Personen: Stadtrat · Kranz · Engelbert · Betz · Wirt · Karl · Martin · Martins Kameraden · Ein Kamerad aus Magdeburg · Ein Faschist · Der Leutnant · Der Major · Czernowitz · Adele · Anna · Leni · Die Dvorakische · Zwei Frauenzimmer · Frau Hinterberger · Geschwister Leimsieder · Republikaner und Faschisten

Ort: Süddeutsche Kleinstadt

Zeit: 1930-?

Erstes Bild

Im Wirtshaus des Josef Lehninger. Kranz, Engelbert und der Stadtrat Ammetsberger spielen Tarock. Karl kiebitzt. Betz trinkt zufrieden sein Bier. Martin liest die Zeitung. Der Wirt bohrt in der Nase. Es ist Sonntag vormittag, und die Sonne scheint.
Stille.

BETZ Martin. Was gibts denn Neues in der großen Welt?

MARTIN Nichts. Daß das Proletariat die Steuern zahlt, und daß die Herren Unternehmer die Republik prellen, hint und vorn, das ist doch nichts Neues. Oder?

BETZ *leert sein Glas.*

MARTIN Und daß die Herren republikanischen Pensionsempfänger kaiserlich rekationäre Parademärsch veranstalten mit Feldgottesdienst und Kleinkaliberschießen, und daß wir Republikaner uns das alles gefallen lassen, das ist doch auch nichts Neues. Oder?

BETZ Wir leben in einer demokratischen Republik, lieber Martin.
Jetzt zieht draußen eine Abteilung Faschisten mit Musik vorbei. Alle, außer Stadtrat und Wirt, treten an die Fenster und sehen sich stumm den Zug an – erst als er vorbei ist, rühren sie sich wieder.

STADTRAT *mit den Karten in der Hand:* Von einer akuten Bedrohung der demokratischen Republik kann natürlich keineswegs gesprochen werden. Schon weil es der Reaktion an einem ideologischen Unterbau mangelt.

ENGELBERT Bravo!

STADTRAT Kameraden! Solange es einen republikanischen Schutzverband gibt, und solange ich hier die Ehre habe, Vorsitzender der hiesigen Ortsgruppe zu sein, solange kann die Republik ruhig schlafen!

MARTIN Gute Nacht!

KRANZ Ich möchte das Wort ergreifen! Ich möchte jetzt etwas vorschlagen! Ich möchte jetzt dafür plädieren, daß wir jetzt wieder weitertarocken und uns nicht wieder stören lassen von diesen germanischen Hoftrotteln samt ihrem sogenannten deutschen Tag!

ENGELBERT Samt ihrem Dritten Reich!

STADTRAT Einstimmig angenommen! *Er mischt und teilt aus.*

KARL Wie ist das eigentlich heut nacht?

STADTRAT Was denn?

KARL Na in bezug auf unsere italienische Nacht heut nacht –

STADTRAT *unterbricht ihn:* Natürlich steigt unsere italienische Nacht heut nacht! Oder glaubt denn da wer, daß es sich der republikanische Schutzverband von irgendeiner reaktionären Seite her verbieten lassen könnt, hier bei unserem Freunde Josef Lehninger eine italienische Nacht zu arrangieren, und zwar wann e r will? Unsere republikanische italienische Nacht steigt heute nacht trotz Mussolini und Konsorten! Karo As! *Er spielt aus.*

ENGELBERT Daß du das nicht weißt!

KARL Woher soll ich denn das wissen?

BETZ Ich habs doch bereits offiziell verkündet.

ENGELBERT Aber der Kamerad Karl war halt wieder mal nicht da. Eichel!

KARL Ich kann doch nicht immer da sein.

ENGELBERT Sogar beim letzten Generalappell war er nicht da, vor lauter Weibergeschichten!

KRANZ Solo!

STADTRAT Bettel!

ENGELBERT Aus der Hand?

STADTRAT Aus der hohlen Hand!

KARL *zu Betz:* Soll ich mir das jetzt gefallen lassen? Das mit den Weibergeschichten?

BETZ Du kannst es doch nicht leugnen, daß dich die Weiber von deinen Pflichten gegenüber der Republik abhalten –

KARL Also das sind doch meine intimsten privaten Interessen, muß ich schon bitten. Und zwar energisch!

Jetzt zieht draußen abermals eine Abteilung Faschisten mit Musik vorbei. – Alle lauschen, aber keiner tritt an das Fenster.

Stille.

BETZ Es ist halt alles relativ.

MARTIN Aber was! Eine Affenschand ist das! Während sich die Reaktion bewaffnet, veranstalten wir braven Republikaner italienische Nächt!

BETZ Eigentlich ist es ja unglaublich, daß die Reaktion derart erstarkt.

MARTIN Einen Dreck ist das unglaublich! Das konnt man sich ja direkt ausrechnen – wer die wirtschaftliche Macht hat, hat immer recht, bekanntlich. Aber ihr vom Vorstand scheint das nicht zu wissen. Noch bild ich es mir ein, daß ihr wissen wollt, aber ab und zu fällt es mir schon recht schwer –

ENGELBERT Hoho!

BETZ Du bist halt ein Pessimist.

MARTIN Ein Dreck bin ich.

STADTRAT Und außerdem ist er ein Krakeeler! Ein ganz ein gewöhnlicher Krakeeler.

Stille.

MARTIN *erhebt sich langsam:* Herr Stadtrat. Sag einmal, Herr Stadtrat, kennst du noch einen gewissen Karl Marx?

STADTRAT *schlägt auf den Tisch:* Natürlich kenn ich meinen Marx! Und ob ich meinen Marx kenn! Und außerdem verbitt ich mir das!

ENGELBERT Sehr richtig!

KRANZ Solo!

STADTRAT Oder glaubst denn du, du oberflächlicher Phantast, daß kurz und gut mit der Verwirklichung des Marxismus kurz und gut das Paradies auf Erden entsteht?

MARTIN Was du unter kurz und gut verstehst, das weiß ich nicht. Ich weiß auch nicht, was du unter Paradies verstanden haben willst, aber ich kanns mir lebhaft ausmalen, was du unter Marxismus verstehst. Verstanden? Was ich darunter versteh, daran glaube ich.

KRANZ Solo, Herrgottsakrament! *Er spielt aus.*

Stille.

BETZ Weißt du, was ich nicht kann?

MARTIN Nein.

BETZ Ich kann nicht glauben.

Stille.

MARTIN Das glaub ich gern, daß du nicht glauben kannst. Du kannst nicht glauben, weil du nicht mußt. Du bist ja auch kein Prolet, du pensionierter Kanzleisekretär –

BETZ Ich bin zwar Kanzleiobersekretär, aber das spielt natürlich keine Rolle.

MARTIN Natürlich.

BETZ Das ist gar nicht so natürlich!

MARTIN *sieht ihn verdutzt an:* Geh, so leck mich doch am Arsch! *Rasch ab mit seiner Zeitung.*

STADTRAT Ein feiner Mann –

Stille.

WIRT Obs wieder regnen wird? Jedesmal, wenn ich eine Sau abstich, versaut mir das Wetter die ganze italienische Nacht.

BETZ Das glaub ich nicht.

WIRT Warum? Weil es ihr seid?

BETZ Nein. Sondern weil das Tief über Irland einem Hoch über dem Golf von Biskaya gewichen ist.

STADTRAT Sehr richtig!

WIRT Wer behauptet das?

BETZ Die amtliche Landeswetterwarte.

WIRT Geh, laßts mich aus mit den Behörden!

MARTIN *erscheint wieder, tritt zu Betz und legt ein Flugblatt vor ihn hin:* Da!

BETZ Was soll ich damit?

MARTIN Lesen!

BETZ Warum soll ich das dumme faschistische Zeug da lesen?

MARTIN Weil es dich interessieren dürft.

BETZ Aber keine Idee!

MARTIN *mit erhobener Stimme:* Das da dürfte sogar alle anwesenden Herrschaften hier interessieren!

DIE HERRSCHAFTEN *horchen auf.*

STADTRAT Was hat er denn schon wieder, dieser ewige Querulant?

BETZ *überflog mechanisch das Flugblatt, stockt und schlägt nun mit der Faust auf den Tisch:* Was?! Na das ist empörend! Ist das aber empörend, Josef!

WIRT *wird unsicher und will sich drücken.*

BETZ *fixiert ihn empört:* Halt! – Halt, lieber Josef – das da dürft nämlich vor allem dich interessieren – weißt du, was da drinnen geschrieben steht?

WIRT *verlegen:* Nein –

BETZ Du kannst also nicht lesen?

WIRT *lächelt verzweifelt:* Nein –

BETZ Analphabet?

STADTRAT *hat aufgehorcht:* Was soll denn das schon wieder darstellen dort?

WIRT Nichts, Leutl! Nichts –

BETZ Nichts? Aber was du da nicht sagst, lieber Josef?! Ich glaub gar, du bist ein grandioser Schuft!

WIRT Das darfst du nicht sagen, Heinrich!

BETZ Ich sags noch einmal, lieber Josef.

STADTRAT Wieso?

KRANZ Ja Sakrament –

MARTIN *unterbricht ihn:* Moment!

BETZ Moment! Das ist hier nämlich ein sogenannter Tagesbefehl – der Tagesbefehl der Herren Faschisten für ihren heutigen deutschen Tag – *Er reicht das Blatt Karl.* Josef, wir Republikaner sind deine Stammgäst, und du verkaufst deine Seele! Und alles um des Mammons willen!

KARL Also das ist ja direkt impertinent! Bitte mir zuzuhören, Kameraden! *Er liest.* »Ab sechzehn Uhr bis achtzehn Uhr treffen sich die Spielleute im Gartenlokal des Josef Lehninger« –

KRANZ Was für Spielleut?

KARL Die faschistischen Spielleut! Pfui Teufel!

BETZ Eine Schmach ist das! Der liebe Kamerad Josef reserviert unsere Stammtisch für die Reaktion!

KARL Und wir Republikaner, denkt er, kommen dann hernach dran mit unserer italienischen Nacht und kaufen ihm brav sein Zeug ab!

MARTIN Die Brosamen, die wo die Herren Reaktionäre nicht mehr zammfressen konnten!

ENGELBERT Hört, hört!

WIRT Ich glaub, wir reden aneinander vorbei –

MARTIN Aber was denn nicht noch!

KARL Ah, das ist aber korrupt!

WIRT Ich bin nicht korrupt! Das bin ich nicht, Leutl, das ist meine Frau.

BETZ Papperlapapp!

WIRT Da gibts kein Papperlapapp! Ihr kennt meine Frau

nicht, liebe Leutl! Die scheißt sich was um die politische Konstellationen. Der ist es sauwurscht, wer ihre Würst zammfrißt! Und ich Rindvieh hab mal von einem heiteren Lebensabend geträumt! Und wenn ich jetzt den schwarzweißroten Fetzen nicht raussteck, verderben mir sechzig Portionen Schweinsbraten, das war doch ein furchtbarer Blödsinn, die Reichsfarben zu ändern! Meiner Seel, ich bin schon ganz durcheinand!

KRANZ Wenn du jetzt nicht mein Freund wärst, tät ich dir jetzt ins Gesicht spucken, lieber Josef!

ENGELBERT Bravo!

Stille.

WIRT *verzweifelt:* Meiner Seel, jetzt sauf ich mir einen an, und dann erschieß ich meine Alte. Und dann spring ich zum Fenster naus, aber vorher zünd ich noch alles an. *Ab.*

STADTRAT Ja Himmelherrgottsakrament! Ein jedes Mal, wann ich ein gutes Blatt hab, geht die Kracherei los! *Mit erhobener Stimme.* Aber sehen möcht ich doch, welche Macht unsere italienische Nacht heut nacht zu vereiteln vermag! Kameraden, wir weichen nicht, und wärs die vereinigte Weltreaktion! Unsere republikanische italienische Nacht steigt heute nacht, wie gesagt! Auch ein Herr Josef Lehninger wird uns keinen Strich durch die Rechnung machen! Ein jeder merkt sich, was er für ein Blatt gehabt hat, wir spielen auf meiner Veranda weiter. Kommt, Kameraden!

MARTIN Hurra!

KRANZ Du Mephisto –

ALLE *verlassen das Lokal.*

Zweites Bild

Straße. Alle Häuser sind schwarzweißrot beflaggt, weil die hiesige Ortsgruppe der Faschisten, wie dies auch ein Transparent verkündet, einen deutschen Tag veranstaltet. Eben zieht eine Abteilung mit Fahnen, Musik und Kleinkalibern vorbei, gefolgt von Teilen der vaterländisch gesinnten Bevölkerung – auch die Dvorakische und das Fräulein Leni ziehen mit.

LENI Jetzt kann ich aber nicht mehr mit.

DIE DVORAKISCHE Da tuns mir aber leid, Fräulein!

LENI Die Musik ist ja fein, aber für die Herren in Uniform könnt ich mich nicht begeistern. Die sehn sich alle so fad gleich. Und dann werdens auch gern so eingebildet selbstsicher. Da sträubt sich etwas in mir dagegen.

DIE DVORAKISCHE Das glaub ich gern, weil Sie halt keine Erinnerung mehr haben an unsere Vorkriegszeit.

LENI Ich muß jetzt da nach links.

DIE DVORAKISCHE Fräulein, Sie könnten mir eigentlich einen großen Gefallen tun –

LENI Gern!

DIE DVORAKISCHE Ihr Herr Major muß doch ganz pompöse Uniformen haben –

LENI Ja, das stimmt, weil er früher auch in den Kolonien gewesen ist, die wo uns Deutschen geraubt worden sind.

DIE DVORAKISCHE Geh, fragens doch mal den Herrn Major, ob er mir nicht so eine alte Uniform verkaufen möcht, es passiert Ihnen nichts.

LENI Wie meinens denn das?

DIE DVORAKISCHE Das sagt man halt so.

Stille.

LENI Was möchtens denn mit der Uniform anfangen?

DIE DVORAKISCHE *lächelt:* Anschaun.

LENI Ist das alles?

DIE DVORAKISCHE Wie mans nimmt –

Stille.

LENI Nein, das wär mir, glaub ich, unheimlich –

DIE DVORAKISCHE *plötzlich wütend:* Dumme Gans, dumme! Ihr jungen Leut habt halt keine Illusionen mehr! *Rasch ab. Trommelwirbel.*

KARL *kommt und erkennt Leni:* Ist das aber ein Zufall!

LENI Jetzt so was! Der Herr Karl!

KARL Ist das aber zweifellos.

LENI Wieso?

KARL Daß wir uns da nämlich treffen, so rein durch Zufall.

LENI Geh, das kommt doch öfters vor.

KARL Zweifellos.

Stille.

LENI Ich hab jetzt nicht viel Zeit, Herr Karl!

KARL Ich auch nicht. Aber ich möcht Ihnen doch nur was vorschlagen, Fräulein!

LENI Was möchtens mir denn vorschlagen?

KARL Daß wir zwei Hübschen uns womöglich heut abend noch treffen, möcht ich vorschlagen – ich hätts Ihnen schon gestern vorgeschlagen, aber es hat sich halt keine Gelegenheit ergeben –

LENI Lügens mich doch nicht so an, Herr Karl.

Stille.

KARL *verbeugt sich barsch:* Gnädiges Fräulein. Das hab ich doch noch niemals nicht notwendig gehabt, ein Weib anzulügen, weil ich doch immerhin ein gerader Charakter bin, merken Sie sich das!

LENI Ich wollt Sie doch nicht beleidigen –

KARL Das können Sie auch nicht.

LENI *starrt ihn an:* Was verstehen Sie darunter, Herr Karl?

KARL Ich versteh darunter, daß Sie mich nicht beleidigen können, weil Sie mir sympathisch sind – Sie könnten mich höchstens kränken, Fräulein. Das versteh ich darunter. Pardon!

Stille.

LENI Ich glaub gar, Sie sind ein schlechter Mensch.

KARL Es gibt keine schlechten Menschen, Fräulein. Es gibt nur sehr arme Menschen. Pardon!

Stille.

LENI Ich wart aber höchstens zehn Minuten –

KARL Und ich nur fünf.

LENI *lächelt:* Also dann bin ich halt so frei, Sie schlechter Mensch – *Ab.*

MARTIN UND BETZ *kommen.*

MARTIN *sieht Leni, die rasch an ihm vorbeigegangen ist, nach; dann betrachtet er Karl spöttisch.*

KARL Sag mal, Martin: ich nehm natürlich an, daß bei unserer italienischen Nacht heut nacht nicht nur eingeschriebene ordentliche und außerordentliche Mitglieder, sondern auch Sympathisierende gern gesehen sind –

MARTIN Von mir aus.

KARL Ich hab nämlich grad jemand eingeladen. Eine mir bekannte Sympathisierende von mir.

MARTIN War das die da?

KARL Kennst du die da?

MARTIN Leider.

KARL Wieso?

MARTIN Weil das ein ganz stures Frauenzimmer ist.

KARL Ich find aber, daß sie was Bestimmtes hat –

MARTIN Natürlich hat sie was Bestimmtes – aber der ihr Bestimmtes steht hier nicht zur Diskussion! Ich meinte doch, daß dieses Frauenzimmer ganz stur ist, nämlich in politischer Hinsicht, das ist doch eine geborene Rückschrittlerin, Hergottsakrament! Wie kann man nur mit so was herumpoussieren!

KARL Mein lieber Martin, das verstehst du nicht. Wir zwei beide sind aufrechte Republikaner, aber wir haben dabei einen Unterschied. Du bist nämlich Arbeiter und ich Musiker. Du stehst gewissermaßen am laufenden Band und ich spiel in einem Konzertcafé meinen Mozart und meinen Kalman – daher bin ich natürlich der größere Individualist, schon weil ich halt eine Künstlernatur bin. Ich hab die stärkeren privaten Interessen, aber nur scheinbar, weil sich bei mir alles gleich ins Künstlerische umsetzt.

MARTIN *grinst:* Das sind aber feine Ausreden –

KARL Das bin ich mir einfach schuldig, daß ich in erotischer Hinsicht ein politisch ungebundenes Leben führ – Pardon! *Ab.*

MARTIN Nur zu!

Stille.

BETZ Martin, du weißt, daß ich dich schätz, trotzdem daß du manchmal schon unangenehm boshaft bist – Ich glaub, du übersiehst etwas sehr Wichtiges bei deiner Beurteilung der politischen Weltlage, nämlich das Liebesleben in der Natur. Ich hab mich in der letzten Zeit mit den Werken von Professor Freud befaßt, kann ich dir sagen. Du darfst doch nicht vergessen, daß um unser Ich herum Aggressionstriebe gruppiert sind, die mit unserem Eros in einem ewigen Kampfe liegen, und die sich zum Beispiel als Selbstmordtriebe äußern, oder auch als Sadismus, Masochismus, Lustmord –

MARTIN Was gehen mich deine Perversitäten an, du Sau?

BETZ Das sind doch auch die deinen!

MARTIN Was du da nicht sagst!

BETZ Oder hast du denn deine Anna noch nie gekniffen

oder sonst irgend so etwas, wenn du – ich meine: im entscheidenden Moment –

MARTIN Also, das geht dich einen großen Dreck an.

BETZ Und dann sind das doch gar keine Perversitäten, sondern nur Urtriebe! Ich kann dir sagen, daß unsere Aggressionstriebe eine direkt überragende Rolle bei der Verwirklichung des Sozialismus spielen, nämlich als Hemmung. Ich fürcht, daß du in diesem Punkte eine Vogel-Strauß-Politik treibst.

MARTIN Weißt du, was du mich jetzt abermals kannst? *Er läßt ihn stehen.*

Drittes Bild

In den städtischen Anlagen. Mit vielen Fahnen. Die Luft ist voll von Militärmusik. An der Ecke stehen zwei Frauenzimmer. Es ist bereits spät am Nachmittag. Der Stadtrat Ammetsberger geht vorbei. Die Frauenzimmer zwinkern.

ERSTE *alt und dürr:* Kennst du den?
ZWEITE *jung und fett:* Er ist nicht unrecht.
ERSTE Ich glaub, er ist was bei der Stadt. Irgendein Tier.
ZWEITE Wahrscheinlich.
Jetzt wehen die Fahnen im Winde.
ZWEITE *sieht empor:* Wenns nur keine Fahnen gäb –
ERSTE Fahnen sind doch direkt erhebend.
ZWEITE Nein – wenn ich so Fahnen seh, ists mir immer, als hätten wir noch Krieg.
ERSTE *mit dem Lippenstift:* Ich kann nichts gegen den Weltkrieg sagen. Das wär undankbar.
Stille.
ZWEITE *sieht noch immer empor:* Wie das weht – was nützt uns das?
ERSTE Für mich sind am besten landwirtschaftliche Ausstellungen oder überhaupt künstlerische Veranstaltungen. Auch so vaterländische Feierlichkeiten sind nicht schlecht.
EIN FASCHIST *geht vorbei.*
ERSTE *nähert sich ihm.*
FASCHIST Wegtreten!
Pause.
ZWEITE Eigentlich ist der Krieg dran schuld.
ERSTE An was denn?
ZWEITE An mir.

ERSTE Lächerlich! Alle reden sie sich naus auf den armen Krieg!

ANNA *kommt und setzt sich mit dem Rücken zu den beiden Frauenzimmern auf eine Bank; sie wartet.*

ERSTE Wer ist denn das?

ZWEITE Ich kenn sie nicht.

ERSTE Die sieht so neu aus. Und dann sieht sie doch wem ähnlich –

ZWEITE *grinst:* Dir –

ERSTE *starrt sie an:* Also das war jetzt gemein von dir, Agnes.

DREI FASCHISTEN *kommen an Anna vorbei.*

ANNA *weicht ihren Blicken aus.*

DIE FASCHISTEN *halten vor ihr und grinsen sie an.*

ANNA *erhebt sich und will ab.*

MARTIN *tritt in den Weg, grüßt kurz und spricht mit ihr.*

DIE FASCHISTEN UND DIE FRAUENZIMMER *horchen, hören aber nichts.*

ANNA Und?

MARTIN Da gibts kein Und. Er hat sich halt wieder herausgelogen, der Herr Stadtrat. Das wäre unter seiner republikanischen Würde, hat er gesagt, daß er wegen denen ihrer deutschen Tage und wegen dem ehrlosen Lehninger auf seine italienische Nacht verzicht. Der typische Parlamentarier in schlechter Aufmachung. Es kommt alles, wie es kommen muß.

ANNA Ein korrupter Mensch.

MARTIN Herrschen tut der Profit. Also regieren die asozialen Elemente. Und die schaffen sich eine Welt nach ihrem Bilde. Aber garantiert! Heut gibts noch einen Tanz auf denen ihrer italienischen Nacht! Zur freundlichen Erinnerung.

DIE FASCHISTEN *beschäftigen sich nun mit den Frauenzimmern.*

ANNA Weißt du, was die Genossen sagen?

MARTIN Was?

ANNA Daß du eine Zukunft hast.

MARTIN *zuckt die Schultern:* Sie kennen mich halt. Ich müßt aber fort. In irgendeine Metropole.

ANNA Ich hab auch das Gefühl, daß man auf dich wartet.

MARTIN Hier hab ich ein viel zu kleines Betätigungsfeld. Das könnt auch ein anderer machen, was ich hier mach.

ANNA Nein, das könnt keiner so machen!

MARTIN Du weißt, daß ich das nicht gern hör!

ANNA Aber es ist so! Wenn alle so wären wie du, stünd es besser um uns Menschen.

MARTIN Aber ich kann doch nichts dafür, daß ich so bin! Daß ich der Intelligentere bin, und daß ich mehr Durchschlagskraft hab, das verpflichtet mich doch nur, mich noch intensiver für das Richtige einzusetzen! Ich mag das nicht mehr hören, daß ich eine Ausnahme bin. Herrgottsakrament! *Er brüllt sie an.* Ich bin keine, merk dir das!

ANNA Das kannst du einem doch auch anders sagen, daß du keine Ausnahme bist –

Stille.

MARTIN Anna, die Zeit braust dahin, und es gibt brennendere Probleme auf der Welt als wie Formfragen. Vergiß deine Pflichten nicht!

ANNA Ich?

MARTIN Pflichten verpflichten.

ANNA Martin. Du tust ja direkt, als wär ich ein pflichtvergessenes Wesen –

MARTIN Wieso denn hernach? Das wäre ja vermessen. Komplizier doch nicht den einfachsten Fall! Ich wollt dich doch nur erinnern an das, was wir vorgestern besprochen haben – also sei so gut, ja? *Ab.*

ZWEI FASCHISTEN *sind inzwischen mit den Frauenzim-*

mern verschwunden.

DER DRITTE *fixiert nun Anna.*

ANNA *plötzlich:* Nun?

DER DRITTE *grinst.*

ANNA *lächelt:* Nun?

KARL *erscheint hinter dem Faschisten.*

ANNA *fährt zurück.*

KARL Pardon!

DER DRITTE *grinst; er grüßt Anna spöttisch-elegant und ab.*

Stille.

KARL *unterdrückt seine Erregung:* Pardon, Gnädigste!

ANNA Du Trottel!

KARL Um Gottes willen. Eine Anna und dieser Faschist, da stürzt ja in mir eine Welt zusammen – Wer ist jetzt verrückt? Ich oder du?!

ANNA Du! Ich streng mich da an, fädel was ein, und du zertrampelst mir wieder alles, du unüberlegter Mensch!

KARL Unüberlegt!

ANNA Und unverantwortlich!

KARL Unverantwortlich! Grad schimpft mich der Martin zusammen, weil ich mich für ein unpolitisches Weib interessier, und derweil bandelt die Seine mit einem Faschisten an – Meiner Seel, jetzt glaub ichs aber gleich, daß ich verrückt bin! Korrekt verrückt! So wie sichs gehört!

ANNA So beruhig dich doch!

KARL Oh du mein armer Martin!

ANNA Aber ich tu doch gar nichts ohne Martin!

KARL *starrt sie an:* Wie, bitte?

ANNA Ich tu doch gar nichts Unrechtes!

KARL So?

ANNA Das ist doch alles in Ordnung – der Martin möcht doch nur etwas genauere Informationen über denen ihre Kleinkaliber haben – und dazu soll ich mich halt einem Faschisten nähern, um ihn auszuhorchen –

Stille.

KARL *zündet sich eine Zigarette an.*

ANNA Was hast denn du jetzt gedacht?

KARL Ich? Pardon!

ANNA Das war doch eine grobe Beleidigung –

KARL Pardon!

ANNA Schäm dich!

Stille.

KARL Anna. Ich habe schon viel erlebt auf erotischem Gebiete, und dann wird man halt mit der Zeit leicht zynisch. Besonders, wenn man so eine scharfe Beobachtungsgabe hat. Du bist natürlich eine moralische Größe. Du hast dich überhaupt sehr verändert.

ANNA *lächelt:* Danke.

KARL Bitte. Du warst mal nämlich anders. Früher.

ANNA *nickt:* Ja, früher.

KARL Da warst du nicht so puritanisch.

Stille.

ANNA *plötzlich ernst:* Und?

KARL Wenn ich dich so seh, krieg ich direkt einen Moralischen. Der Martin hat schon sehr recht, man soll sich nicht so gehen lassen – jetzt hab ich halt schon wieder ein Rendezvous, sie ist zwar politisch indifferent – *Er sieht auf seine Armbanduhr.*

ANNA Dann würd ich an deiner Stelle einen heilsamen Einfluß auf sie ausüben.

KARL Meiner Seel, das werd ich auch! Ehrenwort!

ANNA Wie oft hast du das jetzt schon gesagt?

KARL Anna. Es ist wichtiger seine Fehler einzusehen, als wie Fehler zu unterlassen. Wenn ich dir jetzt mein Ehrenwort gib, daß ich auf unserer italienischen Nacht heut nacht gewissermaßen eine passive Resistenz üben werd –

ANNA Wie soll ich das verstehen?

KARL Also zum Beispiel: ich werd kein einziges Mal tanzen. Ehrenwort! Keinen Schritt! Auch mit ihr nicht! Es hat doch keinen Sinn, als Vieh durch das Leben zu laufen und immer nur an die Befriedigung seiner niederen Instinkte zu denken – *er legt seinen Arm unwillkürlich um ihre Taille, ohne zu wissen, was er tut.*

ANNA *nimmt seine Hand langsam fort von dort und sieht ihn lange an.*

KARL *wird sich bewußt, was er getan hat.*

Stille.

KARL *tückisch:* Aber komisch find ich das doch von Martin.

ANNA Was?

KARL Ich könnt es ja nie –

ANNA Was denn?

KARL Ich kanns mir nicht vorstellen, wie er dich liebt. Ich meine: ob normal, so wie sichs gehört –

ANNA Was willst du?

KARL Es tät mich nur interessieren. Wenn er nämlich sowas von dir verlangt, er schickt dich doch gewissermaßen auf den politischen Strich – ob er dabei innere Kämpfe hat?

ANNA Innere Kämpfe?

KARL Ja!

Stille.

ANNA Aber nein! Du kannst mich nicht durcheinander bringen! Ich kenn den Martin besser! Der steht über uns allen. Ich war blöd, dumm, verlogen, klein, häßlich – er hat mich emporgerissen. Ich war nie mit mir zufrieden. Jetzt bin ichs.

KARL *verbeugt sich leicht.*

ANNA Jetzt hab ich einen Inhalt, weißt du? *Langsam ab.*

KARL Pardon! *Sieht auf seine Armbanduhr, geht wartend auf und ab.*

LENI *kommt:* Guten Abend, Herr Karl! Ich freu mich nur, daß Sie noch da sind! Ich konnt leider nicht früher!

KARL Wir haben ja noch Zeit. Und dann sieht es ja auch nicht schlechter aus, wenn man später kommt.

LENI Warum denn so traurig?

KARL Traurig?

LENI Nein, diese Stimme – wie aus dem Grab. *Sie lächelt.*

KARL Ich hab grad ein Erlebnis hinter mir. Nämlich ein politisches Erlebnis. Man müßt den Forderungen des Tages mehr Rechnung tragen, Fräulein. Ich glaub, ich bin verflucht.

LENI Aber Herr Karl! Wenn jemand einen so schönen Gang hat. *Sie lacht.*

KARL Wie?! *Er fixiert sie.*

LENI *verstummt.*

Stille.

KARL Ja, Fräulein, Sie verstehen mich anscheinend nicht, ich müßt Ihnen das nämlich stundenlang auseinandersetzen – Ich seh schwarz in die Zukunft, Fräulein.

LENI Geh, Sie sind doch ein Mann –

KARL Gerade als Mann darf man eher verzweifeln, besonders ich, weil ich den politischen Tagesereignissen näher steh. – Sie kümmern sich nicht um Politik?

LENI Nein.

KARL Das sollten Sie aber.

LENI Warum redens denn jetzt darüber?

KARL In Ihrem Interesse.

LENI Wollens mich ärgern?

KARL Es wär Ihre Pflicht als Staatsbürger –

LENI Warum wollens mir denn jetzt die ganze Stimmung verderben, ich hab mich ja schon so gefreut auf Ihre italienische Nacht!

Stille.

KARL Ich bin nämlich nicht so veranlagt, daß ich eine Blume einfach nur so abbrech, am Wegrand. Ich muß auch menschlich einen Kontakt haben – und das geht bei mir über die Politik.

LENI Geh, das glaubens doch selber nicht!

KARL Doch! Ich könnt zum Beispiel nie mit einer Frau auf die Dauer harmonieren, die da eine andere Weltanschauung hätt.

LENI Ihr Männer habt alle eine ähnliche Weltanschauung.

Stille.

KARL Sie sind doch eine Deutsche?

LENI Ja.

KARL Sehns, Fräulein, das ist der Fluch speziell von uns Deutschen, daß wir uns nicht um Politik kümmern, wir sind kein politisches Volk – bei uns gibts noch massenweis Leut, die keine Ahnung haben, wer sie regiert.

LENI Ist mir auch gleich. Besser wirds nicht. Ich schau, daß ich durchkomm.

KARL Mir scheint, Sie haben keine Solidarität.

LENI Redens doch nicht so protzig daher!

KARL Mir scheint, daß Sie gar nicht wissen, wer der Reichspräsident ist?

LENI Ich weiß nicht, wie die Leut heißen!

KARL Wetten, daß Sie nicht wissen, wer der Reichskanzler ist?

LENI Weiß ich auch nicht!

KARL Also das ist ungeheuerlich! Und wieder einmal typisch deutsch! Können Sie sich eine Französin vorstellen, die das nicht weiß?

LENI So gehens halt nach Frankreich!

Stille.

KARL Wer ist denn der Reichsinnenminister? Oder wieviel Reichsminister haben wir denn? Ungefähr?

LENI Wenn Sie jetzt nicht aufhören, laß ich Sie da stehen!

KARL Unfaßbar!

Stille.

LENI Das hab ich mir auch anders gedacht, diesen Abend.

KARL Ich auch.

LENI Einmal geht man aus – und dann wird man so überfallen.

KARL *sieht auf seine Armbanduhr:* Jetzt wirds allmählich Zeit.

LENI Am liebsten möcht ich gar nicht mehr hin.

KARL *umarmt sie plötzlich und gibt ihr einen Kuß.*

LENI *wehrt sich nicht.*

KARL *sieht ihr tief in die Augen und lächelt geschmerzt:* Ja, der Reichsinnenminister – *er zieht sie wieder an sich.*

Viertes Bild

In den städtischen Anlagen, vor dem Denkmal des ehemaligen Landesvaters. Zwei Burschen bemalen das Antlitz des Landesvaters mit roter Farbe. Ein Dritter steht Schmiere. Es dämmert bereits stark. In weiter Ferne spielen die Faschisten den bayrischen Präsentiermarsch.

ERSTER Die werden morgen schauen, wie sehr sich Seine Majestät verändert haben – Seine Majestät haben einen direkt roten Kopf bekommen – einen blutroten Kopf –

ZWEITER Wie stolz daß der dreinschaut!

ERSTER *klatscht mit dem Pinsel in seiner Majestät Antlitz:* Schad, daß der nur einen Kopf hat!

DRITTER Halt!

ZWEITER Ha?

DRITTER Meiner Seel, da kommen gleich zwei!

ZWEITER Heim!

ERSTER Fertig! *Rasch ab mit seinen Genossen.*

Jetzt wird es bald ganz Nacht.

ANNA *kommt mit einem Faschisten.*

DER FASCHIST Es ist das eine wirklich schöne Stadt hier, Ihre Stadt, Fräulein! Sie als Kind dieser Stadt muß das doch mit einem ganz besonderen Stolz erfüllen.

ANNA Ich bin auch stolz, daß ich von hier bin.

DER FASCHIST Ehre deine Heimat! Und was Sie hier für zweckmäßige Anlagen haben –

ANNA Wollen wir uns nicht setzen?

DER FASCHIST Gestatten! *Sie setzen sich.*

ANNA Ich bin nämlich etwas müd, weil ich den ganzen Tag mitmarschiert bin.

DER FASCHIST Haben Sie auch Militärmusik im Blut?

ANNA Ich glaub schon, daß ich das im Blut hab – *sie lügt* nämlich mein Vater war ja aktiver Feldwebel!

DER FASCHIST Stillgestanden!

Stille.

Das dort drüben, das ist doch das überlebensgroße Denkmal Seiner Majestät?

ANNA Ja.

DER FASCHIST Ich habe bereits die Ehre gehabt, es kennenzulernen. Wir hatten heut früh hier eine interne Gruppenaussprache – ein wirklich schönes Denkmal ist das, voller Stil. Schad, daß es schon so dunkel ist, man kanns ja gar nicht mehr bewundern!

ANNA War die interne Gruppenaussprache sehr feierlich?

DER FASCHIST Überaus!

ANNA Über was hat man denn gesprochen?

DER FASCHIST Über unsere Mission. – Es ist nicht wahr, wenn feige Söldner des Geldes sagen, wir seien in die Welt gesetzt, um zu leiden, zu genießen und zu sterben! Wir haben hier eine Mission zu erfüllen! Der eine fühlt den Trieb stärker in sich, der andere schwächer. In uns brennt er wie Opferfeuer! Wir gehen bis zum letzten durch!

Stille.

ANNA Ich möcht jetzt gern was wissen.

DER FASCHIST Jederzeit!

ANNA Ich bin nämlich politisch noch sehr unbedeutend und kenn mich noch nicht so recht aus mit Ihrer Bewegung –

DER FASCHIST *unterbricht sie:* Das Weib gehört an den heimischen Herd, es hat dem kämpfenden Manne lediglich Hilfsstellung zu gewähren!

ANNA Ich wollt ja nur etwas wissen über die Zukunft, ungefähr –

DER FASCHIST Fräulein, dringen Sie nicht in mich, bitte. Ich darf darüber nichts sagen, weil das ein heiliges Geheimnis ist.

Stille.

Und was sind das doch schon für ungereimte Torheiten, wenn man behauptet, wir seien keine proletarische Partei! Ich weiß, was ich rede! Ich gehör zu den gebildeteren Ständen und bin doch auch nicht der Dümmste! Ich bin Drogist.

ANNA Jetzt wirds aber finster.

DER FASCHIST *dumpf:* Ja, finster.

Stille.

Finster wie in mir. Fräulein, ich kann Sie ja kaum mehr sehen – Ihr Blondhaar –

ANNA Ich bin doch gar nicht blond, sondern brünett.

DER FASCHIST Dunkelblond, dunkelblond – Hüte dich, Blondmädel, hüte dich! Du weißt, vor wem – Überhaupt hat uns der Jude in den Krieg hineinschlittern lassen! 1914 war es für ihn die höchste Zeit! Denn es hätte der Zeitpunkt kommen können, wo die Völker vielleicht hellhörig geworden wären. Nehmen wir einmal an, über die Welt wäre eine Epidemie gekommen, da hätten die Leute schon gesehen, daß die Juden dran schuld sind! – Blondmädel, in mir ist Freude, daß Sie sich von mir haben ansprechen lassen –

ANNA Ich laß mich ja sonst nicht so ansprechen, aber –

DER FASCHIST Aber?

ANNA Aber von Ihresgleichen – Nein, nicht! – Nein, bitte – lassens mich, bitte!

DER FASCHIST Bitte! Zu Befehl!

Stille.

ANNA Ich kann doch nicht gleich so.

DER FASCHIST Aber das war doch nicht gleich so! Wir haben doch schon eine ganze Zeit gesprochen, zuerst über Kunst und dann über Ihre schöne Stadt und jetzt über unsere Erneuerung –

Stille.

Fährt sie plötzlich an. Und wissen Sie auch, wer uns zugrunde gerichtet hat?! Der Materialismus! Ich will Ihnen sagen, wie der über uns gekommen ist, das kenne ich nämlich! Mein Vater ist nämlich seit dreiundzwanzig Jahren selbständig. Das war nämlich so. Wo man hinkam, hatte der Jude schon alles weggekauft. Der ist nämlich einfach hergegangen und hat überall das billigste Angebot herausgeschunden. Alles wurde so in den Strudel mit hineingerissen und so hat sich, nicht wahr, der materialistische Geist immer breiter gemacht. Aber wir sind eben zu weibisch geworden! Es wird Zeit, daß wir uns wieder mal die Hosen anziehen und merken, daß wir Zimbern und Teutonen sind! *Er wirft sich auf sie.*

ANNA Nicht! Nein! *Sie wehrt sich.*

Jetzt fällt Licht auf das Denkmal, und man sieht nun Seine Majestät mit dem roten Kopf.

DER FASCHIST *läßt ab von Anna, heiser:* Was? – Nein, diese Schändung – diese Schändung – Der Gott, der Eisen wachsen ließ! – Rache! – Gott steh uns bei! Deutschland erwache!

In der Ferne das Hakenkreuzlied.

Fünftes Bild

Im Gartenlokal des Josef Lehninger. Mit Musik.

DIE FASCHISTEN *trinken Bier und singen:*
Ich weiß nicht, was soll es bedeuten,
Daß ich so traurig bin,
Ein Märchen aus uralten Zeiten,
Das kommt mir nicht aus dem Sinn.
Die Luft ist kühl, und es dunkelt,
Und ruhig fließet der Rhein –

EIN FASCHIST Zum Rhein, zum Rhein, zum deutschen Rhein –

ALLE FASCHISTEN Wir alle wollen Hüter sein!
Lieb Vaterland magst ruhig sein,
Lieb Vaterland magst ruhig sein,
Fest steht und treu die Wacht, die Wacht am Rhein,
Fest steht und treu die Wacht, die Wacht am Rhein!

DIE FASCHISTEN *mit dem Bierkrug in der Hand:* Heil! Heil! Heil! *Saufen.*

Musik spielt nun: »Stolz weht die Flagge schwarzweiß-rot«.

DER LEUTNANT *mit der Landkarte; er winkt einen Faschisten an sich heran:* Also unsere Nachtübung. Hinter diesem Morast liegt zum Beispiel Frankreich, gleich neben der angelsächsischen Artillerie. Oben und unten Bolschewiken. Verstanden?

DER FASCHIST Zu Befehl!

DER LEUTNANT Und wir? Wir sind hier im Wald. Im deutschen Wald. Eigentlich ist das sogar symbolisch. Wir werden überfallen, selbstverständlich. Es läßt sich doch durch die ganze Weltgeschichte verfolgen, daß wir Deutschen noch niemals einem anderen Volke irgend etwas Böses getan haben. Nehmen wir nun mal an, die ganze Welt wäre gegen uns –

WIRT Entschuldigens bitte!

DER LEUTNANT Herr Lehninger!

WIRT Herr Leutnant, ich brauch jetzt nämlich mein Lokal –

DER LEUTNANT Was soll das?

WIRT Es wird allmählich Zeit – Sie müssen jetzt mein Lokal verlassen –

DER LEUTNANT Mensch, was erlaubt er sich?!

WIRT Aber das ist doch nur meine vaterländische Pflicht, daß ich Sie daran erinner – sonst versäumen Sie ja noch Ihre diversen Nachtübungen –

Stille.

DER LEUTNANT *läßt den Faschisten wegtreten; ruft:* Czernowitz!

CZERNOWITZ *ein Gymnasiast:* Zu Befehl, Herr Leutnant!

DER LEUTNANT Herr Major erwarten uns im Wald. Herr Major werden sein Referat in unserem deutschen Walde halten. Haben Sie das Referat fertig?

CZERNOWITZ Jawohl, Herr Leutnant! *Er reicht ihm einige Blätter aus einem Schulheft.*

DER LEUTNANT Titel?

CZERNOWITZ Was verdanken uns Deutschen die Japaner?

DER LEUTNANT Richtig! – Kerl, warum haben Sie das nicht ins reine geschrieben?

CZERNOWITZ Sie kennen meinen Vater nicht, Herr Leutnant! Der kümmert sich nur um meine Schulaufgaben! Meine Familie versteht mich nicht, Herr Leutnant. Als ich mich neulich freute, daß wir so viele Feinde haben, weil das doch eine Ehre ist – da hat mir mein Vater eine heruntergehauen. Wenn meine Mutter nicht wär, Herr Leutnant – meine Mutter ist noch die einzige, die mich versteht – Mein Vater ist liberal.

Stille.

DER LEUTNANT Weggetreten!

CZERNOWITZ *kehrt.*

DER LEUTNANT Angetreten!

DIE FASCHISTEN *treten an.*

DER LEUTNANT Stillgestanden! Rechts um! Abteilung – marsch!

DIE FASCHISTEN *ziehen ab. Und die Musik spielt den bayrischen Präsentiermarsch.*

WIRT *holt die schwarzweißrote Fahne herunter und hißt die schwarzrotgoldne.*

Nun ist es finster geworden und nun steigt die republikanische italienische Nacht. Mit Girlanden und Lampions, Blechmusik und Tanz. – Mitglieder und Sympathisierende ziehen mit Musik in das Gartenlokal ein, und zwar auf die Klänge des Gladiatorenmarsches; allen voran der Stadtrat Ammetsberger, Kranz, Betz, Engelbert mit ihren Damen. Auch Karl und Leni sind dabei. Und auch Martin kommt mit seinen Kameraden, finster und entschlossen – und setzt sich abseits mit ihnen.

STADTRAT Meine Damen und Herren! Kameraden! Noch vor wenigen Stunden hatte es den Anschein, als wollte das uns Menschen, und nicht zu guter Letzt uns Republikanern, so feindlich gesinnte höhere Schicksal, daß unser aller heißer Wunsch, unser ersehnter Traum, unsere italienische Nacht nicht Wirklichkeit wird. Kameraden! Im Namen des Vorstandes kann ich euch die erfreuliche Mitteilung machen, daß wir unser Schicksal überwunden haben! Wenn ich hier diese stimmungsvolle Pracht sehe, diesen Jubel in all den erwartungsvollen Antlitzen, bei jung und auch bei alt, so weiß ich, was wir überwunden haben! Und so wünsche ich, daß diese unsere Gartenunterhaltung, diese unsere republikanische italienische Nacht allen Anwesenden unvergeßlich bleiben soll! Ein Hoch auf das in der Republik geeinte deutsche Volk. Hoch! Hoch! Hoch!

ALLE AUSSER MARTINS KAMERADEN *erheben sich:* Hoch! Hoch! Hoch!

Musiktusch.

STADTRAT Setzen!

ENGELBERT Meine Damen und Herren! Kameraden! Liebe Sympathisierende! Ich freue mich, daß wir hier sind! Antreten zur Française!

Der Stadtrat, Betz, Kranz, Engelbert usw. mit ihren Damen tanzen nun eine Française – Martin und seine Kameraden sehen finster zu. Jetzt spielt die Musik einen Walzer.

Damenwahl! Damenwahl!

MARTIN *zu seinen Kameraden:* Daß mir nur keiner tanzt! Disziplin, muß ich schon bitten – Disziplin und Opposition!

EINIGE FRÄULEINS *wollen mit Martins Kameraden tanzen, werden aber abgewiesen.*

LENI *zu Karl:* Also darf ich jetzt bitten?

KARL *schweigt.*

LENI Also darf ich jetzt bitten zum letztenmal?

KARL *schweigt.*

LENI Wie kann man ein Fräulein nur so bitten lassen –

KARL Glaubst du, daß ich das so leicht überwind?

LENI Zu was sind wir denn da, wenn wir nicht tanzen?

KARL Das hat einen tieferen Sinn.

LENI Und du willst ein Mann sein? Und traust dich nicht einmal zu tanzen?

KARL Man kann als Mann vieles zurückziehen, aber sein Ehrenwort niemals.

LENI Ein richtiger Mann kann alles. Nein. Tu die Hand da weg.

KARL Was für eine Hand?

LENI Die deinige.

KARL Du weißt noch nicht, was Konflikte sind – sonst würdest du nicht so appellieren – *Er kommt mit ihr unwillkürlich ins Tanzen, und zwar links herum.*

ERSTER KAMERAD Du, Martin, der hat doch deiner Anna sein Ehrenwort gegeben, daß er unser Mann ist –

MARTIN Er hat bei meiner Anna seine Ehre verpfändet, daß er keinen Schritt tanzen wird, sondern daß er sich unseren Parolen anschließen wird, und zwar durchaus radikal.

ZWEITER KAMERAD Ein Schuft, ein ganz charakterloser.

DRITTER KAMERAD Einer mehr.

ERSTER KAMERAD Und jedesmal wegen einem Frauenzimmer –

VIERTER KAMERAD Die bildet sich aber was ein!

DRITTER KAMERAD Gott, wie graziös!

ERSTER KAMERAD Die wirds auch nimmer begreifen, wos hingehört.

ZWEITER KAMERAD Wer ist denn das Frauenzimmer?

VIERTER KAMERAD Auch nur Prolet.

ERSTER KAMERAD Nein. Das ist etwas bedeutend Feineres. Das ist eine Angestellte – *Er grinst.*

DRITTER KAMERAD *lacht.*

VIERTER KAMERAD Wann gehts denn los?

DRITTER KAMERAD *verstummt plötzlich.*

MARTIN Wenn ich euch das Signal gib! Ich! *Er erhebt sich, tritt nahe an die Tanzenden heran und sieht zu; jetzt spielt die Musik einen Walzer, einige Paare hören auf zu tanzen – u. a. auch der Stadtrat Ammetsberger.*

STADTRAT Na was war das für eine Idee?

ENGELBERT Eine Prachtidee!

STADTRAT Ich wußte es doch, daß so ein zwangloses gesellschaftliches Beisammensein uns Republikaner menschlich näherbringen würde.

KRANZ *ist leicht angetrunken:* Ich freu mich nur, daß wir uns von dieser Scheißreaktion nicht haben einschüchtern lassen, und daß wir diese bodenlose Charakterlosigkeit unseres lieben Josef mit einer legeren Handbewegung beiseite geschoben haben. Das zeigt von innerer Größe.

STADTRAT Eine Prachtidee!

ENGELBERT Eine propagandistische Tat!

KRANZ Diese Malefizfaschisten täten sich ja nicht wenig ärgern, wenn sie sehen könnten, wie ungeniert wir Republikaner uns hier bewegen! *Er torkelt etwas.*

ENGELBERT Wo stecken denn jetzt diese Faschisten?

BETZ Ich hab was von einer Nachtübung gehört.

ENGELBERT Na viel Vergnügen!

KRANZ Prost!

STADTRAT Dieser kindische Kleinkaliberunfug.

BETZ Aber sie sollen doch auch Maschinengewehre –

STADTRAT *unterbricht ihn:* Redensarten, Redensarten! Nur keinen Kleinmut, Kameraden! Darf ich euch meine Frau vorstellen, meine bessere Hälfte.

KRANZ Sehr erfreut!

ENGELBERT Angenehm!

BETZ Vom Sehen kennen wir uns schon.

DIE BESSERE HÄLFTE *lächelt unsicher.*

STADTRAT So – woher kennt ihr euch denn?

BETZ Ich habe dich mal mit ihr gehen sehen.

STADTRAT Mich? Mit ihr? Wir gehen doch nie zusammen aus.

BETZ Doch. Und zwar dürft das so vor Weihnachten gewesen sein –

STADTRAT Richtig! Das war an ihrem Geburtstag! Der

einzige Tag im Jahr, an dem sie mitgehen darf, ins Kino – *Er lächelt und kneift sie in die Wange.* Sie heißt Adele. Das heut ist nämlich eine Ausnahme, eine große Ausnahme – Adele liebt die Öffentlichkeit nicht, sie ist lieber daheim. *Er grinst.* Ein Hausmütterchen.

KRANZ *zu Adele:* Trautes Heim, Glück allein. Häuslicher Herd ist Goldes wert. Die Grundlage des Staates ist die Familie. Was Schönres kann sein als ein Lied aus Wien. *Er torkelt summend zu seinem Bier.*

BETZ Ein Schelm.

ENGELBERT *zu Adele:* Darf ich bitten?

STADTRAT Danke! Adele soll nicht tanzen. Sie schwitzt. *Pause.*

ENGELBERT *tanzt mit einer Fünfzehnjährigen.*

ADELE *verschüchtert:* Alfons!

STADTRAT Nun?

ADELE Ich schwitz ja gar nicht.

STADTRAT Überlaß das mir, bitte.

ADELE Warum soll ich denn nicht tanzen?

STADTRAT Du kannst doch gar nicht tanzen!

ADELE Ich? Ich kann doch tanzen!

STADTRAT Seit wann denn?

ADELE Seit immer schon.

STADTRAT Du hast doch nie tanzen können! Selbst als blutjunges Mädchen nicht, merk dir das! Blamier mich nicht, Frau Stadtrat! *Er zündet sich eine Zigarre an.* *Pause.*

ADELE Alfons, warum hast du gesagt, daß ich die Öffentlichkeit nicht liebe? Ich ging doch gern öfters mit. – Warum hast du das gesagt?

STADTRAT Darum.

Pause.

ADELE Ich weiß ja, daß du im öffentlichen Leben stehst, eine öffentliche Persönlichkeit –

STADTRAT Still, Frau Stadtrat!

ADELE Du stellst einen immer in ein falsches Licht. Du sagst, daß ich mit dir nicht mitkomm –

STADTRAT *unterbricht sie:* Siehst du!

ADELE *gehässig:* Was denn?

STADTRAT Daß du mir nicht das Wasser reichen kannst. *Pause.*

ADELE Ich möcht am liebsten nirgends mehr hin.

STADTRAT Eine ausgezeichnete Idee! *Er läßt sie stehen; zu Betz.* Meine Frau, was? *Er grinst und droht ihr schelmisch mit dem Zeigefinger.* Wenn du zum Weibe gehst, vergiß die Peitsche nicht.

BETZ Das ist von Nietzsche.

STADTRAT Das ist mir wurscht! Sie folgt aufs Wort. Das ist doch ein herrlicher Platz hier! Diese uralten Stämme und die ozonreiche Luft – *Er atmet tief.*

BETZ Das sind halt die Wunder der Natur.

STADTRAT Die Wunder der Schöpfung – es gibt nichts Herrlicheres. Ich kann das besser beurteilen, weil ich ein Bauernkind bin. Wenn man so in den Himmel schaut, kommt man sich so winzig vor – diese ewigen Sterne! Was sind wir daneben?

BETZ Nichts.

STADTRAT Nichts. Gott hat doch einen feinen Geschmack.

BETZ Es ist halt alles relativ. *Stille.*

STADTRAT Du, Betz, ich hab mir ein Grundstück gekauft.

BETZ Wo denn?

STADTRAT Fast ein Tagwerk. Mit einer Lichtung. – Schau, lieber guter Freund, die Welt hat Platz für anderthalb Milliarden Menschen, warum soll mir da nicht von dieser großen Welt so ein kleines Platzerl gehören –

ERSTER KAMERAD *hat unfreiwillig gelauscht:* Feiner Marxist!

Stille.

STADTRAT Was hat der gesagt?

BETZ So laß ihn doch!

ADELE Er hat gesagt: Feiner Marxist.

STADTRAT Wie du das einem so einfach ins Gesicht sagst. – Toll!

ADELE Ich hab ja nur gesagt, was er gesagt hat.

STADTRAT Wer? Was sich da diese unreifen Spritzer herausnehmen! Überhaupt! *Er deutet auf Martin und seine Kameraden.* Dort hat noch keiner getanzt – saubere Jugend! Opposition und Opposition. Revolte oder dergleichen. Spaltungserscheinungen. Nötige Autorität. Man muß – *Er will an seinen Biertisch, stockt jedoch, da er sieht, daß Martin und seine Kameraden eine leise debattierende Gruppe bilden; er versucht zu horchen – plötzlich geht er rasch auf Martin zu.* Martin, was hast du da gesagt? Feiner Marxist, hast du gesagt?

MARTIN Ich habs zwar nicht gesagt, aber ich könnts gesagt haben.

STADTRAT Und wie hättest du das gemeint, wenn du es gesagt hättest?

MARTIN Wir sprechen uns noch. *Er läßt ihn stehen. Akkord und Gong.*

ENGELBERT *auf dem Podium:* Meine Damen und Herren! Kameraden! Eine große erfreuliche Überraschung hab ich euch mitzuteilen. Es steht euch ein seltener Kunstgenuß bevor. Frau Hinterberger, die Gattin unseres verehrten lieben Kassierers, hat sich liebenswürdigerweise bereit erklärt, uns mit ihrer Altstimme zu entzücken! *Bravorufe und Applaus.* Ich bitte um Ruhe für Frau Hinterberger!

FRAU HINTERBERGER *betritt das Podium, mit Applaus begrüßt:* Ich singe Ihnen eine Ballade von Löwe, Heinrich der Vogler.

Sie singt die Ballade; großer Beifall, nur Martin und seine Kameraden beteiligen sich nach wie vor an keiner Ovation; nun wird wieder weitergetanzt.

LENI *zu Karl:* Das war aber schön. Ich bin nämlich sehr musikalisch.

KARL Das hab ich schon bemerkt.

LENI An was denn?

KARL An deinem Tanzen. Du hast ein direkt exorbitantes rhythmisches Feingefühl –

LENI Das hängt aber nicht nur von mir ab. Das hängt auch vom Herrn ab.

KARL Hast es also nicht bereut, daß du mir hierher gefolgt bist?

LENI *lächelt:* Werd mir nur nicht wieder politisch. – Versprichs mir, daß du es nimmer werden wirst, auf Ehrenwort.

KARL Das ist nicht so einfach.

LENI Wieso?

KARL Nämlich, ich geb nur dann gern ein Ehrenwort, wenn ich dasselbe auch halten kann. Man bricht nämlich viel leichter so ein Ehrenwort, als wie daß man es hält.

LENI Wenn du es mir gibst, dann geb ich dir auch ein Ehrenwort –

KARL Du?

LENI Eine Frau hat nicht viel zu geben – aber wenn sie was gibt, macht sie den Mann zu einem König.

MARTIN *zu Karl:* Karl, darf ich dich einen Augenblick –

KARL Bitte. *Zu Leni.* Pardon! *Zu Martin.* Nun?

MARTIN Du hast doch der Anna versprochen, nicht zu tanzen – alsdann: ich möchte nur konstatieren, daß du dein politisches Ehrenwort wegen einer Lustbarkeit gebrochen hast.

KARL *wird nervös:* Hab ich das?

MARTIN Ja. Du hast mir sogar versprochen, daß, wenn es jetzt hier zu der bevorstehenden weltanschaulichen Auseinandersetzung –

KARL *unterbricht ihn:* Also bitte, werd nur nicht wieder moralisch!

MARTIN Du hast halt wieder mal dein Ehr geschändet.

KARL Ist das dein Ernst?

MARTIN Jawohl, du Künstlernatur –

Pause.

KARL *lächelt bös:* Martin, wo steckt denn deine Anna?

MARTIN Was soll das?

KARL Die wird wohl bald erscheinen?

MARTIN Hast du sie gesehen?

KARL Ja.

MARTIN Allein oder mit?

KARL Mit.

MARTIN *lächelt:* Dann ists ja gut.

KARL Meinst du?

MARTIN Ja.

Pause.

KARL *grinst:* Honny soit qui mal y pense!

MARTIN Was heißt das?

KARL *schadenfroh:* Das ist französisch.

Pause.

MARTIN Ich bin dir ja nicht bös, du tust mir leid. Es ist nämlich schad um dich mit deinen Fähigkeiten. Aber du hast immer nur Ausreden. Ein halber Mensch – *Er läßt ihn stehen.*

Akkord und Gong.

ENGELBERT *auf dem Podium:* Meine Sehrverehrten! Kameraden! Und abermals gibts eine große erfreuliche Überraschung im Programm! In dem Reigen unserer künstlerischen Darbietungen folgt nun ein auserlesenes Ballett, und zwar getanzt von den beiden herzigen

Zwillingstöchterchen unseres Kameraden Leimsieder, betitelt ›Blume und Schmetterling‹!

DIE HERZIGEN ZWILLINGSTÖCHTERCHEN *dreizehnjährig, betreten das Podium, mit mächtigem Applaus begrüßt.*

STADTRAT Bravo, Leimsieder!

DIE HERZIGEN ZWILLINGSTÖCHTERCHEN *tanzen einen affektierten Kitsch – plötzlich ertönt aus Martins Gegend ein schriller Pfiff, die herzigen Zwillingstöchterchen zucken zusammen, tanzen aber noch weiter, jedoch etwas unsicher geworden; die, denen es gefällt, sehen entrüstet auf Martin – da ertönt abermals ein Pfiff, und zwar noch ein schrillerer.*

KRANZ *brüllt:* Ruhe, Herrgottsakrament! Wer pfeift denn da, ihr Rotzlöffel?! Lümmel dreckige windige!

ENGELBERT Wems nicht paßt, der soll raus!!

RUFE Raus! Raus!

Tumult.

DIE HERZIGEN ZWILLINGSTÖCHTERCHEN *weinen laut.*

ERSTER KAMERAD *schlägt mit der Faust auf den Tisch:* Wir wollen hier kein Säuglingsballett!

KRANZ Halts Maul, sag ich!

ZWEITER KAMERAD Halts du!

EINE TANTE Seht, wie die Kindlein weinen, ihr Rohlinge!

DRITTER KAMERAD Hoftheater!

VIERTER KAMERAD Hofoper! Oper!

STADTRAT Jetzt wirds mir zu dumm!

EINIGE KAMERADEN Huuu!

STADTRAT Oh, ich bin sehr energisch!

DIE KAMERADEN Huuu!

STADTRAT Jetzt kommt die Abrechnung!

DRITTER KAMERAD Tatü tata!

DIE TANTE Oh diese Jugend!

VIERTER KAMERAD Feiner Marxist!

DIE KAMERADEN *im Sprechchor:* Feiner Marxist! Feiner

Marxist! Feiner Marxist! Feiner Marxist!

STADTRAT Wer? Ich?! Ich hab das Kommunistische Manifest bereits auswendig hersagen können, da seid ihr noch in den Windeln gelegen, ihr Flegel! *Pfiff.*

DIE TANTE Diese Barbaren stören ja nur den Kunstgenuß!

VIERTER KAMERAD Du mit deinem Kunstgenuß!

DRITTER KAMERAD Blume und Schmetterling!

ERSTER KAMERAD Mist! Mist! Mist!

KRANZ Oh ihr Kunstbarbaren! *Er fällt fast um vor lauter Rausch.*

ENGELBERT Seht, was ihr angerichtet habt! Kindertränen! Schämt ihr euch denn gar nicht?! Oder habt ihr denn keine Ahnung, mit welcher Liebe, das hier einstudiert worden ist – Wochenlang haben der Kamerad Leimsieder und seine Frau jede freie Minute geopfert, um uns hier beglücken zu können!

EIN FREMDER KAMERAD *aus Magdeburg:* Hätte er doch lieber seine freien Minuten geopfert, um die Schlagstärke unserer Organisation auszubauen!

Totenstille; maßlose Überraschung über die fremde Mundart.

STADTRAT Ah, ein Preuße –

Sturm.

DIE DVORAKISCHE Stören Sie unsere Nacht nicht!

MARTIN Solche Nächte gehören gestört!

DER FREMDE KAMERAD Kameraden!

MARTIN Jetzt red ich! Kameraden! Indem daß wir hier Familienfeste mit republikanischem Kinderballett arrangieren, arrangiert die Reaktion militärische Nachtübungen mit Maschinengewehren!

DER FREMDE KAMERAD Genossinnen und Genossen! Wollt ihr es denn nicht sehen, wie sie das Proletariat verleugnen, verhöhnen und ausbeuten, schlimmer als je zuvor?! Und ihr?

MARTIN *unterbricht ihn:* Und ihr?! Italienische Nächte! Habt ihr denn schon den Satz vergessen: Oh, wenn doch nur jeder Prolet sein Vergnügen in der republikanischen –

DER FREMDE KAMERAD *unterbricht ihn:* In der revolutionären! In der revolutionären Tätigkeit fände! Es bleibt zu fordern –

STADTRAT Hier bleibt gar nichts zu fordern!

MARTIN Es bleibt zu fordern: sofortige Einberufung des Vorstandes und Beschlußfassung über den Vorschlag:

DER FREMDE KAMERAD Bewaffnung mit Kleinkalibern!

KRANZ Halts Maul, Malefizpreuß dreckiger!

RUFE Raus damit! Raus!!

DER FREMDE KAMERAD Genossinen und Genossen!

MARTIN Jetzt red ich, Herrgottsakrament! Du bringst mich ja noch ganz aus dem Konzept! Ich möchte doch auch dasselbe, aber so kommen wir auf keinen grünen Zweig nicht! So laßt doch hier die angestammten Führer reden!

STADTRAT Kameraden! Ein Frevler wagt hier unser Fest zu stören, bringt kleine Kinderchen zum Weinen. – Kameraden, was Martin verlangt, ist undurchführbar! Wir wollen nicht in die Fußstapfen der Reaktion treten. Wir nehmen keine Kanonen in die Hand, aber wer die demokratische Republik ernstlich zu bedrohen wagt, der wird zurückgeschlagen!

MARTIN Mit was denn?

STADTRAT An unserem unerschütterlichen Friedenswillen werden alle Bajonette der internationalen Reaktion zerschellen!

SIEBENTER KAMERAD *lacht ihn aus.*

STADTRAT So sehen die Leute aus, die die Macht der sittlichen Idee leugnen!

ERSTER KAMERAD Spruch, du Humanitätsapostel!

STADTRAT Das sind keine Sprüch! Wir wollen keine Waffen mehr sehen, ich selbst hab zwei Brüder meiner Frau im Krieg verloren!

VIERTER KAMERAD Im nächsten Krieg sind wirs, ich und der Stiegler, und der da und der da!

KRANZ *ahmt ihn nach:* Und ich da und ich da und ich da!

STADTRAT Es hat eben keinen Krieg mehr zu geben! Dieses Verbrechen werden wir zu vereiteln wissen! Das werd ich schon machen.

MARTIN Genau wie 1914!

STADTRAT Das waren ganz andere Verhältnisse!

DER FREMDE KAMERAD Immer dasselbe, immer dasselbe!

STADTRAT Wo warst denn du 1914!? Im Kindergarten!

DER FREMDE KAMERAD Und du? Du hast auch schon 1914 mit den Taten deiner Vorfahren geprotzt, das können wir Jungen ja allerdings nicht!

MARTIN Kameraden!! Wenn das so weitergeht, erwachen wir morgen im heiligen römisch-mussolinischen Reich deutscher Nation!

DER FREMDE KAMERAD Genossinnen und Genossen!!

KRANZ *außer sich:* So schmeißt ihn doch naus, den Schnapspreußen, den hergelaufenen! Naus damit! Naus!!

MARTIN Ruhe!! Ein Preuße her, ein Preuße hin! Kurz und gut: der langen Rede kurzer Sinn: derartige italienische Nächte gehören gesprengt! Radikal, radikal!

STADTRAT Zur Geschäftsordnung! Ich fordere kraft unserer Statuten den sofortigen Ausschluß des Kameraden Martin!

ENGELBERT Bravo!

STADTRAT Und zwar wegen unkameradschaftlichen Verhaltens!

MARTIN Bravo! Kommt! *Ab mit seinen Kameraden.*

STADTRAT Wir lassen uns unsere italienische Nacht nicht spalten, Kameraden! Seit vierzehn Tagen hab ich mich auf diese Nacht gefreut, und ich laß mich nicht spalten! Musik! Setzen!

Sechstes Bild

Vor dem Wirtshaus des Josef Lehninger. Martin und seine Kameraden verlassen die italienische Nacht. Rechts eine Bedürfnisanstalt.

MARTIN Also Ausschluß. Wegen unkameradschaftlichen Verhaltens. Wer lacht da nicht?
Stille.

ZWEITER KAMERAD Wohin?

MARTIN Zu mir.

DER FREMDE KAMERAD An die Arbeit! Wir dürfen keine Minute verlieren!

MARTIN Bald zieht sich die Bourgeoisie in den Turm der Diktatur zurück.

DER FREMDE KAMERAD Seid bereit!
Stille.

MARTIN *leise, mißtrauisch:* Wer ist denn das überhaupt?

ERSTER KAMERAD Ich kenne ihn nicht.

DRITTER KAMERAD Mir ganz unbekannt.
Sie gehen alle in die Bedürfnisanstalt.

DER FREMDE KAMERAD *folgt ihnen:* Ich bin aus Magdeburg, Genossen!

MARTINS STIMME *aus der Bedürfnisanstalt:* So, aus Magdeburg. Also aus Preußen bist du. – Alsdann: ich möchte dir nur die Mitteilung machen, daß ich hier der offizielle Führer bin, und dann ist das hier bei uns so Sitte, daß der berufene Führer die Aktion leitet, und sonst niemand. Ob der jetzt auch aus Magdeburg ist oder nicht. *Er erscheint wieder mit seinen Kameraden.*
Stille.

MARTIN *zum ersten Kameraden:* Ist das jetzt den Tatsachen entsprechend, daß du das Denkmal Seiner Majestät versaut hast?

ZWEITER KAMERAD *gewollt hochdeutsch:* Wir haben es uns erlaubt, das Denkmal Seiner Majestät mit etwas roter Farbe zu verunzieren.

MARTIN Wer wir?

ZWEITER KAMERAD Ich.

VIERTER KAMERAD Und ich.

MARTIN So. Alsdann du ebenfalls. Das ist natürlich gottverlassen blöd. Oder vielleicht, meine Herren?!

DER FREMDE KAMERAD Eine Denkmalsschändung ist natürlich lediglich Büberei. Kümmert euch doch nicht um die verjagten Dynastien, Jungs! Sorgt lieber dafür, daß man den Herren Kapitalisten dereinst keine Denkmäler errichtet!

Stille.

MARTIN *bespricht sich leise mit seinen Kameraden; wendet sich dann dem fremden Kameraden zu:* Ich will dir jetzt was sagen: ich meine, du bist ein Agent provacateur –

DER FREMDE KAMERAD *entsetzt:* Genosse!

MARTIN Also das täte uns ja gerade noch abgehen, so fremde Provokateure – aus Magdeburg. *Er läßt ihn stehen.*

DER FREMDE KAMERAD Man könnte verzweifeln.

MARTIN Bist du noch da? Ja, bist du denn noch da?! *Er nähert sich ihm drohend.*

DER FREMDE KAMERAD *rasch ab.*

KARL *kommt mit Leni aus dem Wirtshaus:* Drinnen geht alles drunter und drüber.

DRITTER KAMERAD Sehr erfreut!

LENI Alle Leut gehen fort. Die ganze Stimmung ist beim Teufel.

SECHSTER KAMERAD Dann ist sie dort, wo sie hingehört!

KARL Martin, ich bitte dich um Verzeihung.

MARTIN Wegen was?

KARL Daß ich mein Ehrenwort gebrochen hab. Das war natürlich eine Gaunerei, ich hab mir das genau überlegt, aber es war halt nur scheinbar eine Gaunerei. Ich habs ja nur scheinbar gebrochen.

MARTIN Wie willst du das verstanden haben?

KARL Schau, ich mußte doch tanzen! Ich hab es nämlich deiner Anna versprochen, daß ich das Fräulein da hinter mir zu unseren Idealen bekehren werd, und da muß man doch so einem Fräulein entgegenkommen, so was geht doch nur nach und nach –

MARTIN Daß du immer nur Fräuleins bekehrst –

KARL Jeder an seinem Platz. Ich gehör halt zu einer älteren Generation als wie du, das macht schon was aus, obwohl zwischen uns ja nur fünf Jahre Unterschied sind, aber fünf Kriegsjahr –

MARTIN Die historischen Gesetze kümmern sich einen Dreck um Privatschicksale, sie schreiten unerbittlich über den einzelnen hinweg, und zwar vorwärts.

KARL Da geb ich dir vollständig recht.

MARTIN Du wärst ja brauchbar, wenn man dir glauben könnt. Aber das kann man eben nicht, weil du ein halber Mensch bist.

KARL Du hast halt keine Konflikte mit deiner Erotik. Meiner Seel, manchmal beneid ich dich!

MARTIN Und du tust mir leid. Ich habs immer wieder versucht mit dir. Jetzt ists aus. Ich leg keinen Wert mehr auf deine Mitarbeit.

KARL *verbeugt sich leicht:* Bitte! Pardon! *Ab mit Leni. Auch die Kameraden sind während dieser Szene verschwunden.*

ANNA *kommt.*

MARTIN Anna!

ANNA Jetzt bin ich aber erschrocken!
MARTIN Du?
ANNA Ich dacht, du wärst wer anders –
MARTIN So.
ANNA Du warst mir jetzt so fremd.
MARTIN *fast spöttisch:* War ich das? – Hast was erreicht?
ANNA Verschiedenes.
MARTIN Erstens?
ANNA Erstens hab ich erfahren, daß diese Faschisten unsere italienische Nacht sprengen wollen –
MARTIN *unterbricht sie:* Erstens ist das nicht unsere italienische Nacht! Und zweitens ist denen ihre italienische Nacht bereits gesprengt. Ich persönlich hab sie gesprengt.
ANNA Schon?
MARTIN Später! Und?
ANNA Die Faschisten wollen hier alles verprügeln.
MARTIN So ists recht! Das vergönn ich diesem Vorstand! Diese Spießer sollen jetzt nur mal am eigenen Leibe die Früchte ihrer verräterischen Taktik verspüren! Wir Jungen überlassen sie ihrem Schicksal und bestimmen unser Schicksal selbst!
ANNA Das würd ich aber nicht tun.
MARTIN Was heißt denn das?
ANNA Ich würds nicht tun. Ich würd ihnen schon helfen, sie stehen uns doch immer noch näher als die anderen.
MARTIN Was du da nicht sagst!
ANNA Wenn ich dem Stadtrat auch vergönn, daß er verprügelt wird, aber es sind doch auch noch andere dabei, dies vielleicht ehrlich meinen –
MARTIN *spöttisch:* Meinst du?
ANNA Und zu guter Letzt geht das doch keinen Dritten was an, was wir unter uns für Konflikte haben! Das sind doch unsere Konflikte!

MARTIN *gehässig:* Ich glaub, daß das deine Privatansicht ist.
ANNA Red nicht so hochdeutsch, bitte.
Stille.
MARTIN Und?
ANNA Sonst nichts. Die Faschisten sind halt ganz fürchterlich wütend. Es soll heut abend irgendein Denkmal verunreinigt worden sein –
MARTIN Ja, das war der Stiegler, dieser Idiot –
ANNA Martin!
MARTIN *überrascht:* Ha?
ANNA Martin, weil einer von uns das Denkmal verdreckt hat, sollen jetzt die anderen da drinnen verprügelt werden?! Das find ich aber feig! Das ist unser nicht würdig! Das ist ungerecht – *Sie stockt, da Martin plötzlich fasziniert auf ihren Hals starrt.*
Stille.
MARTIN *leise:* Was ist denn das dort für ein Fleck?
ANNA Wo?
MARTIN Da.
ANNA Da? Das ist ein Fleck –
Stille.
Morgen wird er blau.
MARTIN So.
ANNA Er war halt so grob.
MARTIN *etwas unsicher:* So, war er das –
ANNA So sind sie alle, die Herren Männer.
Stille.
MARTIN Schau mich an.
ANNA *schaut ihn nicht an.*
MARTIN Warum schaust mich denn nicht an?
ANNA Weil ich dich nicht anschaun kann.
MARTIN Und warum kannst du mich jetzt nicht anschaun? Schau mich doch nicht so dumm an, Herrgottsakrament!

Stille.

ANNA Mir war jetzt nur plötzlich so eigenartig –

MARTIN Wieso?

ANNA Was du da nämlich von mir verlangst, daß ich mich nämlich mit irgendeinem Faschisten einlaß – und daß gerade du das verlangst –

MARTIN Was sind denn das für neue Gefühle?

ANNA Nein, das waren alte –

MARTIN Du weißt, daß ich diese primitiven Sentimentalitäten nicht mag. Was sollen denn diese überwundenen Probleme? Nur keine Illusionen, bitte!

ANNA Jetzt redst du wieder so hochdeutsch.

Stille.

MARTIN Anna, also grob war er zu dir, – der Herr Faschist.

ANNA Ja.

MARTIN Sehr grob?

ANNA Nicht besonders.

Stille.

MARTIN Aber grob war er doch. – Es ist vielleicht tatsächlich unter unserer Würde.

ANNA Was?

MARTIN Daß wir nun diesen Vorstand da drinnen für unsere versaute Majestät verprügeln lassen – von diesen Herren Faschisten.

ANNA Siehst du!

MARTIN Was soll ich denn sehen?! Gar nichts seh ich! Nichts! Radikal nichts! Aber, verstehst mich: diesen Triumph wollen wir den Herren Faschisten nicht gön nen! Komm! *Ab mit Anna.*

KARL *kommt mit Leni. Beide scheinen verstimmt zu sein. Sie setzen sich auf eine Bank neben der Bedürfnisanstalt.*

LENI Warum schweigst du schon so lang?

KARL Weil es mir weh um das Herz herum ist.

LENI Aber du kannst doch nichts dafür, daß diese italienische Nacht mit einem Mißton geendet hat!

KARL Ich danke dir. *Er drückt ihr die Hand und vergräbt dann den Kopf in seinen Händen.*

Stille.

LENI Dein Kamerad Martin erinnert mich an einen Bekannten. Mit dem war auch nicht zu reden, weil er nichts anderes gekannt hat wie sein Motorrad. Er hat zahlreiche Rennen gewonnen, und ich hab ihn halt in seinem Training gestört. Sei doch nicht so traurig –

KARL Jetzt möcht ich am liebsten nicht mehr leben.

LENI Warum denn?

KARL Ich hab halt ein zu scharfes Auge. Ich seh, wie sich die Welt entwickelt, und dann denk ich mir, wenn ich nur ein paar Jahre jünger wär, dann könnt ich noch aktiv mittun an ihrer Verbesserung – aber ich bin halt verdorben. Und müd.

LENI Das redst du dir nur ein.

KARL Ein halber Mensch! Nur die eine Hälfte hat Sinn für das Gute, die andere Hälfte ist reaktionär.

LENI Nicht deprimiert sein –

KARL Ich glaub, ich bin verflucht –

LENI Nein, nicht!

KARL *erhebt sich:* Doch!

Stille.

KARL *setzt sich wieder.*

LENI Glaubst du an Gott?

KARL *schweigt.*

LENI Es gibt einen Gott, und es gibt auch eine Erlösung.

KARL Wenn ich nur wüßt, wer mich verflucht hat.

LENI Laß mich dich erlösen.

KARL Du? Mich?

LENI Ich hab viertausend Mark, und wir gründen eine Kolonialwarenhandlung –

KARL Wir?

LENI Draußen bei meinem Onkel –

KARL Wir?

LENI Ich und du.

Stille.

KARL In bar?

LENI Ja.

Stille.

KARL Was denkst du jetzt? Denkst du jetzt an eine Ehegemeinschaft? Nein, dazu bist du mir zu schad!

LENI Oh, Mann, sprich doch nicht so hartherzig! Ich kenn dich ja schon durch und durch, wenn ich dich auch erst kurz kenn! *Sie wirft sich ihm an den Hals; große Kußszene.*

KARL Ich hab ja schon immer von der Erlösung durch das Weib geträumt, aber ich habs halt nicht glauben können – ich bin nämlich sehr verbittert, weißt du?

LENI *gibt ihm einen Kuß auf die Stirn:* Ja, die Welt ist voll Neid.

Siebentes Bild

Im Gartenlokal des Josef Lehninger. Die republikanische italienische Nacht ist nun korrekt gesprengt – nur der Vorstand sitzt noch unter den Lampions, und zwar: der Stadtrat Ammetsberger mit Adele, Betz, Engelbert und Kranz. Letzterer schnarcht über einen Tisch gebeugt. Es geht bereits gegen Mitternacht, und Adele fröstelt, denn es weht ein kaltes Windchen.

BETZ Was tun, spricht Zeus.

ENGELBERT Heimwärts?

STADTRAT *schnellt empor:* Und wenn die Welt voll Teufel wär, niemals! Wir lassen uns unsere italienische Nacht nicht sprengen! Kameraden, wir bleiben und weichen nicht – bis zur Polizeistund! *Er setzt sich wieder.*

ENGELBERT Hört, hört!

STADTRAT *steckt sich nervös eine Zigarre an.*

KRANZ *erwacht und gähnt unartikuliert; zu Betz:* Du, ich hab jetzt grad was Fesches geträumt.

BETZ Wars angenehm?

KRANZ Sehr. Ich hab nämlich grad was von einer Republik geträumt und das war eine komplette Republik, sogar die Monarchisten waren verkappte Republikaner –

BETZ Also das dürft ein sogenannter Wunschtraum gewesen sein.

KRANZ Ha?

ENGELBERT Wie wärs denn mit einem kleinen Tarock?

STADTRAT Tarock?

ENGELBERT Einen Haferltarock –

KRANZ Haferltarock!

STADTRAT Das wär ja allerdings noch das Vernünftigste –

ENGELBERT Karten hab ich. – *Er setzt sich mit dem Stadtrat und Kranz unter den hellsten Lampion, mischt und teilt.*

Eine Idee!

BETZ *kiebitzt.*

STADTRAT Erster!

ENGELBERT Zweiter!

KRANZ Letzter!

STADTRAT Solo!

KRANZ Und das Licht leuchtet in der Finsternis – *Er spielt aus.*

Jetzt weht der Wind stärker.

ADELE *erhebt sich und fröstelt:* Alfons!

STADTRAT *läßt sich nicht stören:* Bitte?

ADELE Wann gehen wir denn endlich?

STADTRAT Zweimal sag ichs nicht! Eichel!

ADELE Ich erkält mich noch –

STADTRAT Das tät mir aber leid, Herz!

KRANZ Und Herz!

ENGELBERT Und Herz!

BETZ *nähert sich Adele:* Wir bleiben bis zur Polizeistund, Frau Stadtrat.

ADELE Wann ist denn Polizeistund?

BETZ Um zwei.

ADELE Und jetzt?

BETZ Jetzt gehts gegen zwölf.

ADELE Oh Gott.

STADTRAT *zu Betz:* So laß sie doch, bitte!

Stille.

ADELE Hier hol ich mir noch den Tod.

BETZ Oder eine Lungenentzündung.

Pause.

Der schönste Tod ist ja allerdings der Tod für ein Ideal.

ADELE Ich kenn kein Ideal, für das ich sterben möcht.

BETZ *lächelt leise:* Auch nicht für die Ideale, für die sich Ihr Herr Gemahl aufopfert?

ADELE Opfert er sich denn auf?

BETZ Tag und Nacht.

ADELE Sie müssens ja wissen.

BETZ Es ist natürlich alles relativ.

Pause.

ADELE Glaubens mir, daß ein Mann, der wo keine solchen öffentlichen Ideale hat, viel netter zu seiner Familie ist. Ich meine das jetzt rein menschlich. Sie sind ein intelligenter Mann, Herr Betz, das hab ich schon bemerkt.

STADTRAT Über was unterhaltet ihr euch denn dort so intensiv?

BETZ Über dich.

STADTRAT Tatsächlich? Habt ihr denn kein dankbareres Thema?

ADELE *boshaft:* Alfons!

STADTRAT Na was denn schon wieder?

ADELE Ich möcht jetzt gern noch ein Schinkenbrot.

STADTRAT Aber du hast doch bereits zwei Schinkenbrote hinter dir! Ich meine, das dürfte genügen! *Er zündet sich eine neue Zigarre an.*

ADELE Wenn du deine Zigarren –

STADTRAT *unterbricht sie:* Oh du unmögliche Person! Pfui! – Und ziehen tut sie auch nicht, weil du mir nichts vergönnst! *Er wirft wütend seine Zigarre fort.* Eine unmögliche Zigarre!

ADELE *erhebt sich:* Ich möcht jetzt nach Haus.

STADTRAT Also werd nur nicht boshaft, bitte!

ADELE Ich geh –

STADTRAT Ich bleib.

ADELE So komm doch!

STADTRAT Nein! Bleib, sag ich!

ADELE Nein, ich muß doch schon wieder um sechse raus, deine Hemden waschen und –

STADTRAT Du bleibst, sag ich!

ADELE Hier hol ich mir noch den Tod –

STADTRAT Du bleibst und basta! Verstanden!?

ADELE *setzt sich wieder und lächelt geschmerzt.*

STADTRAT Spiele!

ENGELBERT Weiter!

KRANZ Spiele auch!

ENGELBERT Und zwar?

KRANZ Gras!

STADTRAT Schnecken! Bettel! Jawohl, Bettel! Und herauskommen tu ich selber – *Er gewinnt rasch und lacht schallend.*

Stille.

BETZ Warum gehen Sie eigentlich nicht allein nach Hause?

ADELE Weil er mich allein nicht läßt.

BETZ Nicht läßt? Auch allein nicht läßt? Er hat doch kein Recht über Ihre Person. – Meiner Seel, da erscheint er mir nun plötzlich in einem ganz anderen Licht, obwohl ich darauf gewartet hab. – Alfons Ammetsberger, mein alter Kampfgenosse – fünfunddreißig Jahr. – Ja, ja, das wird wohl das Alter sein. Ob ich mich auch so verändert hab?

STADTRAT *zu Betz:* Ich bitt dich, Betz, so laß sie doch in Ruh!

WIRT *erscheint; er ist schwer besoffen und grüßt torkelnd, doch keiner beachtet ihn; er grinst:* Boykottiert mich nur, boykottiert mich nur! Mir ist schon alles wurscht, ich wein euch keine Träne nach! Überhaupt sind die Reaktionäre viel kulantere Gäst. – Eure jungen Leut saufen ja bloß a Limonad! Feine Republikaner! Limonad, Limonad!

KRANZ Halts Maul!

WIRT *plötzlich verträumt:* Ich denk jetzt an meinen Abort. Siehst, früher da waren nur so erotische Sprüch an der Wand dringestanden, hernach im Krieg lauter patriotische und jetzt lauter politische – glaubs mir: solangs nicht wieder erotisch werden, solang wird das deutsche Volk nicht wieder gesunden –

KRANZ Halts Maul, Wildsau dreckige!

WIRT Wie bitte? – Heinrich, du bist hier noch der einzig vernünftige Charakter, was hat jener Herr dort gesagt?

BETZ Er hat gesagt, daß du dein Maul halten sollst.

WIRT Hat er? Dieser schlimme Patron. – Apropos: ich hab eine reizende Neuigkeit für euch, liebe Leutl!

KRANZ Wir sind nicht deine lieben Leutl!

WIRT Was hat er gesagt?

BETZ Daß wir nicht deine lieben Leutl sind, hat er gesagt.

WIRT Hat er das gesagt? – Alsdann: meine Herren! Ich beehre mich, Ihnen eine hocherfreuliche Mitteilung zu machen: Sie sind nämlich umzingelt, meine Herren, radikal umzingelt!

STADTRAT *horcht auf.*

BETZ Wer ist umzingelt?

WIRT Ihr, meine Herren!

ENGELBERT Wieso?

WIRT Meine Herren! Ich habs nämlich grad erfahren, daß euch die Herren Faschisten verprügeln wollen –

STADTRAT *erhebt sich.*

WIRT Die Herren Faschisten behaupten nämlich, daß ihr, meine Herren, das Denkmal verdreckt habt –

STADTRAT Was für Denkmal?

WIRT Das Denkmal Seiner Majestät.

ENGELBERT Versteh kein Wort.

WIRT Die Herren Faschisten haben nämlich eine pfundige

Wut im Bauch und wollen die Ehre Seiner Majestät wiederherstellen! Durch Blut! Hurra!

KRANZ Oh du dreiundreißigjähriger angenagelter Himmiherrgott!

WIRT Leugnen hat doch gar keinen Sinn, meine Herren! Ihr seid überführt! Alle Indizien sprechen gegen euch! Kreuzverhör und so!

STADTRAT Lüge! Infame Lüge! Hier hat niemand eine Majestät verdreckt, bitt ich mir aus!

WIRT *erhebt sein Glas:* Sehr zum Wohle! *Er leert es. Stille.*

BETZ Josef, wer hat dir denn das gesagt, daß wir jetzt hier verprügelt werden sollen?

WIRT Dem Martin seine Anna.

STADTRAT *scharf:* Martin? Interessant!

WIRT Diskretion Ehrensache!

KRANZ Also jetzt bin ich schon ganz durcheinander!

ENGELBERT Das kann doch nur ein Irrtum sein, nach den Gesetzen der Logik –

STADTRAT *scharf:* Oder Verrat! Unsere Weste ist weiß.

WIRT Weiß oder nicht weiß – jetzt gibts Watschen, meine Herren!

KRANZ Du Judas!

WIRT *weinerlich:* Aber ich bin doch kein Judas, meine Herren! Ich bin euch doch innerlich immer treu geblieben, sogar noch nach der Revolution! Aber was ist denn das jetzt auch für eine verkehrte Welt! Früher, da war so ein Sonntag das pure Vergnügen, und wenn mal in Gottes Namen gerauft worden ist, dann wegen irgendeinem Trumm Weib, aber doch schon gar niemals wegen dieser Scheißpolitik! Das sind doch ganz ungesunde Symptome, meine Herren!

KRANZ Ich möchte das Wort ergreifen! Ich möchte jetzt etwas vorschlagen! Ich möchte jetzt dafür plädieren, daß wir hier den weiteren Gang der Ereignisse seelenruhig abwarten, denn wir werden uns glänzend rechtfertigen, weil wir doch radikal unschuldig sind!

ENGELBERT Hört, hört!

STADTRAT Lächerlich!

BETZ *zu Kranz:* Du vergißt wieder mal unsere Aggressionstriebe –

KRANZ Ha?

WIRT Jetzt gibts Watschen –

BETZ Ich spreche jetzt von einem höheren Standpunkt aus. Der Mensch hat doch eine grausame Natur von Natur aus – man muß die Wahrheit vertragen können, lieber Freund!

WIRT Oh, wie wahr!

STADTRAT Kameraden! Der Mensch ist ein schwaches Rohr im Winde, in bezug auf das Schicksal, ob er nun Monarchist ist oder ein Republikaner. Es gibt nun mal Augenblicke im Leben, wo sich auch der Kühnste der Stimme der Vernunft beugen muß, und zwar gegen sein Gefühl! Kameraden! Das wäre doch ein miserabler Feldherr, der seine Brigaden in eine unvermeidliche Niederlage hineinkommandieren tät! In diesem Sinne schließe ich nun hiermit unsere italienische Nacht! Vis major, höhere Gewalt! Wo ist mein Hut?

BETZ Ich bleib.

STADTRAT Wieso?

BETZ Ich bin nämlich da nämlich etwas anderer Meinung –

STADTRAT Da dürft es doch wohl keine andere Meinung geben!

BETZ Findst du? Wir haben doch in bezug auf das verdreckte Denkmal ein absolut reines Gewissen.

ENGELBERT Sehr richtig!

BETZ Und infolgedessen find ich es nicht richtig, so davonzulaufen.

STADTRAT Nicht nicht richtig, klug! Diese Faschisten sind doch bekanntlich in der Überzahl und infolgedessen bekanntlich zu jeder Schandtat jederzeit bereit! Wo ist mein Hut?

BETZ Ich bleib. Und wenn sie mich verhaun!

Stille.

STADTRAT *fixiert ihn höhnisch:* Ach, der Herr sind Katastrophenpolitiker? Na viel Vergnügen!

BETZ Danke!

STADTRAT *grinst:* Gott, wie heroisch!

BETZ Lieber Prügel als feig.

Stille.

STADTRAT Findst du?

ADELE Ich finds auch.

STADTRAT Du hast hier überhaupt nichts zu finden!

ADELE Ich finds aber!

STADTRAT *nähert sich ihr langsam; unterdrückt:* Du hast hier nichts zu finden, verstanden?!

ADELE Ich sag ja nur, was ich mir denk.

STADTRAT Du hast hier nichts zu denken.

ADELE *boshaft:* Findst du?

STADTRAT Blamier mich nicht, ja!

ADELE Nein.

STADTRAT *kneift sie.*

ADELE Au! Au! –

STADTRAT Wirst du dich beherrschen?!

ADELE Au, Alfons! Au! –

STADTRAT Daß du dich beherrschst! Daß du dich –

ADELE *reißt sich kreischend los:* Au! – Du mit deinem Idealismus!

STADTRAT Oh du unmögliche Person!

ADELE Oh du unmöglicher Mann! Draußen Prolet, drinnen Kapitalist! Die Herren hier sollen dich nur mal genau kennenlernen! Mich beutet er aus, mich! Dreißig Jahr, dreißig Jahr! *Sie weint.*

STADTRAT *mit der Hand vor den Augen:* Adele! Adele – *Stille.*

STADTRAT *nimmt langsam die Hand von den Augen:* Wo ist mein Hut?

WIRT *erhebt sich schwerfällig:* Mit oder ohne Hut – du bist und bleibst umzingelt – *Er rülpst und torkelt ab.*

ADELE *grinst plötzlich.*

STADTRAT Lach nicht!

ADELE Wenn ich dich so seh, find ich das direkt komisch, wie du da den jungen Menschen im Weg herumstehst – *Sie schluchzt wieder.*

STADTRAT Heul nicht!

ADELE Das sind die Nerven –

KRANZ Die typische Weiberlogik.

ADELE *weinend:* Hättest du zuvor die jungen Leut nicht nauswerfen lassen, würd sich jetzt niemand hertraun – jetzt sind wir doch lauter alte Krüppel –

ENGELBERT Oho!

STADTRAT Herr im Himmel!

ADELE Laß unseren Herrgott aus dem Spiel!

KRANZ Es gibt keinen Gott.
Stille.
Ich möchte das Wort ergreifen! Ich möchte jetzt etwas vorschlagen! Ich möchte jetzt dafür plädieren, daß es sozusagen etwas überstürzt war, den Martin so mir nix, dir nix auszuschließen, samt seinem Anhang – er hat doch einen ziemlichen Anhang, einen starken Anhang, und nicht den schlechtesten Anhang – und er hat doch sozusagen gar nicht so unrecht gehabt –

STADTRAT Findst du?

KRANZ Wenn wir jetzt auch solche Kleinkaliber hätten,

als wie diese Faschisten, dann müßten wir uns jetzt nicht unschuldig verhaun lassen, sondern könnten uns wehren – w e h r e n – das ist doch logisch, ha?

ENGELBERT Logisch oder nicht logisch! Nach den Statuten mußten wir Martin ausschließen!

KRANZ Logisch oder nicht logisch! Ich scheiß dir was auf solche Statuten!

ENGELBERT Hört, hört!

KRANZ Das sind doch ganz veraltete Statuten.

STADTRAT Plötzlich?

KRANZ Ich möchte jetzt offiziell dafür plädieren, daß unseres Kameraden Martin überstürzter Ausschluß wieder rückgängig gemacht werden soll!

STADTRAT Rückgängig?

KRANZ Jawohl!

STADTRAT *sieht sich fragend um:* Was ist das?

BETZ Ja!

ENGELBERT Hm.

STADTRAT *zu Engelbert; leise:* Ja oder nein?

Stille.

ENGELBERT Ja.

Stille.

STADTRAT Wo ist mein Hut?

ADELE *reicht ihm seinen Hut:* Da.

STADTRAT *setzt den Hut tief in die Stirne; tonlos:* Ich werd mich aus dem politischen Leben zurückziehen – jetzt geh ich nirgends mehr hin – höchstens, daß ich noch kegeln werd oder singen –

ADELE Endlich, Alfons!

Trompetensignal.

DER MAJOR *in ehemaliger Kolonialuniform betritt mit zwei Faschisten rasch den Garten – er hält knapp vor dem Stadtrat und fixiert ihn grimmig.*

Stille.

DER MAJOR Ich habe bereits die zweifelhafte Ehre, Sie zu kennen.

STADTRAT *nickt apathisch.*

DER MAJOR Ich sehe es Ihrem unsteten Blick und den schuldbewußten Mienen Ihrer sauberen Genossen an, daß Sie den Zweck meines Kommens bereits erraten haben.

ENGELBERT Wir sind radikal unschuldig!

DER MAJOR Ruhe! Jetzt habt ihr euch selbst verraten!

Totenstille.

Brüllt. Ruhe!! Kurzer Prozeß! Rotes Gesindel!

BETZ Es ist halt alles relativ –

DER MAJOR Maul halten! – Himmellaudon, mit euch werden wir noch fertig! Rache für Straßburg! Wir werden es euch zeigen, Denkmäler zu schänden – ihr habt unsere Ehre verletzt, an unserer Ehre klebt Blut!

BETZ Vollendeter Blödsinn!

DER MAJOR Was?!

BETZ *zündet sich eine Zigarre an.*

DER MAJOR Rauchen Sie nicht!

BETZ Bitte – *Er legt die Zigarre fort.*

Stille.

DER MAJOR Czernowitz!

CZERNOWITZ Zu Befehl, Herr Major!

DER MAJOR Erzählen Sie doch mal – wie hat denn Ihr Herr Vater im Felde Kriegsgefangene, die es mit passiver Resistenz versuchten, behandelt?

CZERNOWITZ Er hat ihnen die Patronen in den Hintern schlagen lassen, wie einen Nagel in die Wand, Herr Major!

DER MAJOR *zu Betz:* Verstanden?

BETZ Ich hab keinen Hintern –

DER MAJOR *geht um den Stadtrat herum; fährt ihn plötzlich an:* Hände an die Hosennaht! Setzen!

STADTRAT *setzt sich wie geistesabwesend.*

DER MAJOR *winkt dem einen Faschisten.*

FASCHIST *bringt dem Stadtrat Papier, Feder und Tinte.*

DER MAJOR So. Schreiben Sie, was ich diktiere!

STADTRAT *folgt apathisch.*

DER MAJOR *diktiert:* Ich, der rote Stadtrat Alfons Ammetsberger, erkläre hiermit ehrenwörtlich – haben Sies? – ehrenwörtlich – daß ich ein ganz gewöhnlicher –

STADTRAT *stockt.*

DER MAJOR Schreiben Sie!

STADTRAT *schreibt wieder.*

DER MAJOR *diktiert:* – daß ich ein ganz gewöhnlicher – Schweinehund bin!

STADTRAT *stockt wieder.*

DER MAJOR Na wirds bald?

STADTRAT *rührt sich nicht.*

DER MAJOR Kerl, wenn Sie nicht parieren, kriegen Sie die Hosen voll! Schreiben Sie! Los!

STADTRAT *beugt sich langsam über das Papier – plötzlich fängt er an zu wimmern und zu schluchzen:* Nein, aber ich bin doch kein –

DER MAJOR *unterbricht ihn brüllend:* Sie sind aber ein Schweinehund, ein ganz gewöhnlicher Schweinehund!!

ADELE Sie! Das ist kein Schweinehund, Sie! Das ist mein Mann, Sie! Was erlauben Sie sich denn, Sie aufgedonnerter Mensch! So lassen Sie doch den Mann in Ruh!

BETZ Überhaupt mit welchem Recht –

DER MAJOR *unterbricht ihn:* Maul halten!

ADELE Halten Sie Ihr Maul! Und ziehen Sie sich mal das Zeug da aus, der Krieg ist doch endlich vorbei, Sie Hanswurscht! Verzichtens lieber auf Ihre Pension zugunsten der Kriegskrüppel und arbeitens mal was Anständiges, anstatt arme Menschen in ihren Gartenunterhaltungen zu stören, Sie ganz gewöhnlicher Schweinehund!

DER MAJOR Ordinäre Person! Na wartet! Draußen stehen vierzig deutsche Männer! *Rasch ab mit seinen Faschisten.*

ADELE *ruft ihm nach:* Das ist mein Mann da, verstanden?! *Riesiger Tumult vor dem Gartenlokal.*

MARTIN *mit Anna, gefolgt von seinen Kameraden, betritt rasch den Garten.*

ADELE Der Martin!

MARTIN Zu Befehl, gnädige Frau! Die Luft ist sozusagen rein, meine Herren! Sie müssen nämlich wissen, daß der Besuch der Herren Faschisten uns gegolten hat, mir und meinen Kameraden – und nicht diesem Vorstand da. Und wir sind halt nun mal so veranlagt, daß wir für unsere Taten einstehen. Ich gestatte mir aber zu melden, daß hier niemand mehr eine Angst zu haben braucht, denn als die Herren Faschisten uns da draußen erblickt haben, da haben sie sich umgruppiert – radikal! Wir haben es halt wieder einmal geschafft!

STADTRAT Na also! – Von einer akuten Bedrohung der demokratischen Republik kann natürlich keineswegs gesprochen werden. Kameraden! Solange es einen republikanischen Schutzverband gibt – und solange ich hier die Ehre habe, Vorsitzender der hiesigen Ortsgruppe zu sein, solange kann die Republik ruhig schlafen!

MARTIN Gute Nacht!

Varianten

Italienische Nacht
(1) Drittes Bild (Seite 78)

ANNA Jetzt hab ich einen Inhalt, weißt du –
KARL Pardon! *Ab.*
ANNA *allein.*
DER FASCHIST *kommt – er geht an ihr vorbei.*
ANNA *lächelt und geht auf und ab.*
DER FASCHIST *folgt ihr mit den Blicken:* Fräulein –
ANNA Bitte?
FASCHIST Sie haben etwas, Fräulein.
ANNA Was soll ich denn haben?
FASCHIST Es ist etwas nicht in Ordnung, Fräulein.
ANNA Was denn?
FASCHIST Etwas ganz grandioses.
ANNA *eindringlich:* So sagen Sies doch schon, ja?!
FASCHIST Sie haben falschen Schritt, Fräulein.
ANNA *starrt ihn an.*
FASCHIST Das war jetzt ein Witz.
ANNA Ein Witz.
FASCHIST Ja.
Stille.
So ein Witz wirkt oft nicht.
ANNA Das liegt an mir –
FASCHIST Wahrscheinlich.
Stille.
ANNA Ich hör nämlich sonst sehr gern Witze.
FASCHIST Ich mach eigentlich nicht gern Witze. Ich bin sonst ein ernster Mensch, Fräulein.
ANNA Ich hab gar nichts gegen ernste Menschen –
FASCHIST Das ist sehr freundlich von Ihnen. Dann sollten Sie mich ja durch und durch verstehn – *Plötzlich.* Hast du jetzt Zeit, ha?
ANNA Wir sind doch noch per Sie.

FASCHIST Zu Befehl!
ANNA Wenn Sie wolln, gehn wir jetzt etwas spaziern –

Italienische Nacht
(2) Drittes Bild (Seite 78)

ANNA Jetzt hab ich einen Inhalt, weißt du?
KARL Pardon! *Ab.*
DER FASCHIST *kommt.*
ANNA *lächelt.*
DER FASCHIST *will in die Pißbude, besinnt sich und kokettiert mit Anna.*
ANNA Nun?
DER FASCHIST Fräulein.
ANNA Ja – *Unsicher, verlegen.*
DER FASCHIST Wissen Sie was, Fräulein? Sie haben etwas, Fräulein.
ANNA Was soll ich denn haben?
FASCHIST Es ist etwas nicht in Ordnung, Fräulein – *Er grinst.*
ANNA *wird unsicher:* Was denn?
FASCHIST Etwas pikantes – diskretes –
ANNA So sagen Sies doch schon, ja?!
FASCHIST Sie haben falschen Tritt, Fräulein – *Er wiehert.*
ANNA *starrt ihn verständnislos an.*
FASCHIST *verstummt plötzlich; fast gekränkt:* Das war jetzt ein Witz.
Stille.
Eigentlich habe ich ja nicht viel übrig für Witze, Fräulein. Ich bin nämlich ein verschlossener Mensch, ansonsten.
ANNA Ich hab gar nichts gegen verschlossene Menschen –
FASCHIST Verschlossene Menschen sind auch wertvoller – Konziliant kann ja ein jeder sein.
Stille.
Plötzlich. Hast du jetzt Zeit, ha?
ANNA *verdutzt:* Zeit? Ja. Aber sagen Sie mir noch Sie,

bitte –

FASCHIST Zu Befehl – *Sie gehen ab*. Es ist das eine schöne Stadt hier, Ihre Stadt – *Ab*.

Italienische Nacht
(3) Siebentes Bild – Schlußvariante (Seite 120)

Martins Genossen sind ihm nun in den Garten gefolgt.

KRANZ Also das ist sehr edel von euch, nicht andere Unschuldige für euere Blödheiten büßen zu lassen!

BETZ Martin! Du weißt, daß ich dich sehr schätz –

ENGELBERT *unterbricht ihn:* Martin! Ich bin durch den Gang der Ereignisse zu der Überzeugung gekommen, daß dein Ausschluß ungerechtfertigt war, und ich bedauer es ehrlich, daß ich ihn so überstürzt gefordert hab.

BETZ Martin! Im Namen des Vorstandes bitte ich dich, wieder unser Kamerad zu werden.

MARTIN *verbeugt sich leicht:* Danke. Aber leider seid ihr zu spät dran, denn es wurde bereits ein neuer Schutzbund gegründet –

ENGELBERT *setzt sich.*

MARTIN Und ich euer Kamerad? Ich müßt mich doch nur mit euch herumstreiten, um kämpfen zu können! Warum soll ich meine Kraft verpuffen?

BETZ Irrtum!

MARTIN Das ist doch kein Irrtum!

BETZ Doch! Wir überlassen dir gerne die Führung und werden nur dann reden, wenn wir gefragt werden – so wie sichs alten Leuten geziemt.

Stille.

MARTIN *reicht ihm die Hand:* So komm!

BETZ *lächelt:* Es ist nämlich alles relativ –

MARTIN Aber was! Du vielleicht, aber nicht ich!

ERSTER GENOSSE Hoch Martin!

ALLE *außer Stadtrat und Adele:* Hoch! Hoch! Hoch!

STADTRAT *leise:* Ein neuer Schutzbund –

MARTIN Ein junger Schutzbund!

STADTRAT Ein junger – *Er trocknet sich verstohlen einige Tränen ab.*

ADELE Komm –

STADTRAT Ich werd mich aus dem politischen Leben zurückziehen – jetzt geh ich nirgends mehr hin – höchstens, daß ich noch kegeln werd oder singen –

ADELE Endlich, Alfons!

Italienische Nacht
(4) Siebentes Bild – Schlußvariante 2 (Seite 120)

Martins Genossen sind ihm nun in den Garten gefolgt.

KRANZ Also das ist sehr edel von euch, nicht andere Unschuldige für euere Blödheiten büßen zu lassen!

BETZ Martin! Du weißt, daß ich dich sehr schätz –

ENGELBERT *unterbricht ihn:* Martin! Ich bin durch den Gang der Dinge zu der Überzeugung gekommen, daß dein Ausschluß ungerechtfertigt ist, und ich bedauer es ehrlich, daß ich ihn so überstürzt gefordert hab.

BETZ Martin! Im Namen des Vorstandes bitte ich dich, wieder unser Kamerad zu werden.

MARTIN *verbeugt sich leicht:* Danke. Aber leider seid ihr zu spät dran, denn es wurde bereits ein neuer Schutzbund gegründet –

ENGELBERT *setzt sich.*

MARTIN Und was soll ich denn als euer Kamerad? Ich müßt mich doch nur mit euch herumstreiten, um kämpfen zu können! Warum soll ich meine Kraft verpuffen?

KRANZ *stiert Martin fassungslos an.*

STADTRAT *leise:* Ein neuer Schutzbund –

MARTIN Ein junger Schutzbund!

STADTRADT Ein junger – *Er trocknet sich verstohlen einige Tränen ab.*

BETZ Es ist halt alles relativ.

MARTIN Aber was! Ihr schon, aber nicht wir! Kommt, Genossen!

BETZ *lächelt:* Es ist halt alles relativ – *Ab mit Kranz und Engelbert.*

MARTIN *ruft ihnen nach:* Du mit deiner Relativität! Ihr seid vielleicht schon relativ, aber wir denken nicht daran! Wir sind nicht relativ, Kameraden!

ERSTER KAMERAD Sehr richtig!

ANNA Ein dreifaches Hoch unserem neuen Führer Martin!

ALLE *außer Stadtrat und Adele:* Hoch! Hoch! Hoch!

STADTRAT *leise:* Ein neuer Führer – –

MARTIN Ein junger Führer!

STADTRAT Ein junger – *Er trocknet sich verstohlen einige Tränen ab.*

POLIZIST Jetzt wirds aber höchste Zeit! Polizeistund, meine Herrschaften! Polizeistund!

MARTIN *zieht mit seinen Kameraden singend ab –*

ADELE Komm –

STADTRAT Ich werd mich aus dem politischen Leben zurückziehen – jetzt geh ich nirgends mehr hin – höchstens, daß ich noch kegeln werd oder singen –

ADELE Endlich, Alfons!

Der Sozialistenmarsch verklingt in der Ferne – dafür ertönt der Radetzki-Marsch; alles geht nach Hause.

DIE FASCHISTEN *ziehen an der Bank vorbei, auf welcher Leni und Karl sitzen.*

Der Radetzki-Marsch verklingt in der Ferne.

Stille.

LENI Du – Du – Du –

KARL *zündet sich eine Zigarette an.*

LENI Ich bin so glücklich. Oh, wird das Leben jetzt schön – Du, ich will lernen von dir, auch das Politische –

KARL Das Politische?

LENI Ja. Bei mir ist jetzt das Interesse erwacht –

Stille.

KARL Bei mir wirst du spielend lernen. Aber als Kolonialwarenhändler –

LENI Ein Kaufmann darf nicht politisieren, weil er sonst anstoßt. Wir sind halt noch lang keine freien Menschen – So ist das Leben.

Stille.

Jetzt möcht ich singen. Immer, wenn ich traurig bin, möcht ich singen – *Sie singt.*

MARTIN UND ANNA *sind vor ihrer Haustüre angelangt.*

ANNA Jetzt darf ichs aber doch sagen?

MARTIN Inwiesofern?

ANNA Daß du nämlich eine Ausnahme bist.

Stille.

MARTIN Eigentlich ja. Eigentlich aber auch nein. Anna, – wenn wir uns derartig über Sonne, Mond und Sterne hinauf loben, dann könnten wir es ja noch vergessen, daß wir nicht für uns, sondern lediglich für die zukünftige Generation arbeiten –

Umarmung.

ANNA Wenn doch nur ein jeder deine Durchschlagskraft hätt – was könnte dann alles schon da sein in dreißig Jahr? Neunzehnhundertsechzig –

MARTIN Neunzehnhundertsechzig –

Große Umarmung.

Italienische Nacht
(6) Siebentes Bild – Schlußvariante 4 (Seite 121)

Jetzt betreten die Faschisten den Garten – gleichzeitig erscheint aber auch Martin mit seinen Kameraden durch ein anderes Tor; die Faschisten sind etwas überrascht.

ENGELBERT Martin!

KRANZ Der Martin!

MARTIN *gibt ihnen mit der Hand ein Zeichen, daß sie schweigen sollen; dann setzt er sich mit seinen Kameraden und fixiert die Faschisten erwartungsvoll.*

DIE FASCHISTEN *setzen sich ebenfalls und fixieren Martin und dessen Kameraden, sind aber bereits etwas unsicher.*
Stille.

EIN FASCHIST *aus dem Hintergrunde:* Ein Heil unserem unvergleichlichen Führer.

ALLE FASCHISTEN, *ein Dreizehnjähriger ist auch dabei:* Heil! Heil! Heil! *Sie singen: »Siegreich wollen wir Frankreich schlagen«.*

MARTIN UND SEINE KAMERADEN *hören es sich zuerst ruhig an, dann kommt aber etwas Bewegung in sie – sie prüfen die Stühle auf ihre Festigkeit, stellen Krüge vor sich hin – werfen mit Bierfilzeln auf den Faschistentisch. Dieses Werfen wird schwach erwidert – ein Kamerad Martins schüttet seinen Krug nach den Faschisten – einer steht auf und krempelt sich die Ärmel hoch –*

DIE FASCHISTEN *singen noch immer, werden aber immer weniger. Einer nach dem anderen drückt sich heimlich –*

ANNA *erscheint.*

DER FASCHIST *schnellt empor:* Hoho! Wie kommt denn

die Person daher?!

Schluß mit dem Gesang.

Große Stille.

MARTIN *perplex:* Was für eine Person?

DER FASCHIST *direkt geistesabwesend:* Dort – dort –

MARTIN Von was für einer Person fabuliert denn der?

ANNA Das bin ich.

Stille.

Mich meint er, Martin.

MARTIN *begreift allmählich:* Dich? . . . Ah, das ist aber interessant . . . Alsdann: war das etwa der mit deinem Fleck da . . .?

DER FASCHIST *brüllt:* Verrat! Organisierter Verrat! Landesverrat, Landesverrat!!

MARTIN *nähert sich ihm drohend:* Ich geb dir gleich einen Landesverrat, du Grobian, gottverlassener! *Er zieht sich den Rock aus.*

EIN POLIZIST *und ein Gendarm erscheinen:* Polizeistund! Polizeistund, meine Herrschaften.

DER FASCHIST *grüßt den Polizisten und ab.*

MARTIN *sieht ihm nach; zieht sich langsam seinen Rock wieder an.*

ADELE *lächelt:* Der Martin –

MARTIN *gewollt charmant:* Zu Befehl, gnädige Frau! Ich gestatte mir nur zu melden, daß hier niemand mehr eine Angst zu haben braucht. Nämlich abgesehen von allem hat der Herren Faschisten ihr Besuch uns gegolten, mir und meinen Kameraden – und euch schon gar nicht! Und wir sind halt nun mal so veranlagt, daß wir für unsere Taten einstehen, selbst wenn so eine Tat auch mal eine richtige Blödheit gewesen sein soll.

BETZ Irrtum.

MARTIN Das ist doch kein Irrtum!

BETZ Doch. Wir überlassen dir nämlich gerne die Führerrolle und werden nur dann reden, wenn wir gefragt werden. – So wie sichs alten Leuten geziemt. *Er reicht ihm die Hand.*

Kurze Pause.

MARTIN *schlägt ein:* Alsdann ist es eh schon wurscht.

BETZ *lächelt:* Es ist nämlich alles relativ –

MARTIN Du mit deiner Relativität! Du bist vielleicht schon relativ, aber nicht ich!

POLIZIST Polizeistund, meine Herren!

ERSTER KAMERAD Hoch unser neuer Führer!

ALLE *außer Stadtrat, Adele und Polizei:* Hoch, hoch, hoch!

STADTRAT *leise:* Ein neuer Führer –

MARTIN Ein junger Führer!

STADTRAT Ein junger – – *Er trocknet sich verstohlen einige Tränen ab.*

POLIZIST Jetzt wirds aber höchste Zeit! Polizeistund, meine Herrschaften! Polizeistund!

Anhang

Entstehung[1], *Überlieferung, Textgestaltung*

Carl Zuckmayer[2] hat von seiner ersten Begegnung mit Ödön von Horváth in der Kantine der Berliner Volksbühne berichtet[3], »die kurz vorher seine erste Aufführung in Berlin, das Stück *Die Bergbahn*[4], herausgebracht hatte«. Dieser Zeitangabe nach muß es im Januar 1929 gewesen sein, als Horváth Zuckmayer erzählte, »daß er da so was angefangen« habe, »das ein bißchen nach dem *Fröhlichen Weinberg*[5] tendiert«, wobei, laut Zuckmayer, Horváths geplantes Volksstück »böser, bissiger, satirischer« sein sollte als Zuckmayers Lustspiel *Der fröhliche Weinberg* – für den Kritiker Alfred Kerr[6] ein »Ludwig Thoma (wo der bereits anfängt, Ganghofer zu werden)«[7]. Mehr als Skizzen waren es, wie aus Horváths Notizbuch des Jahres 1929 hervorgeht, vorerst nicht. Noch war Horváth durch andere Arbeiten in Anspruch genommen: die Fertigstellung von *Rund um den Kongreß* (Band 1), die Abschlußarbeiten für den Roman *Sechsunddreißig Stunden* (Band 12), die Umarbeitung von *Sladek* (Band 2), Pläne zu einem neuen Roman, einem *Spießerbuch*, und zu den Hörspielen *Ein Tag eines jungen Mannes* und *Stunde der Liebe* (Band 15).

Die ersten knappen Skizzen aus dem Jahr 1929 zu dem geplanten dreiaktigen Lustspiel *Wochenend am Staffelsee* weisen ein noch eher unpolitisch wirkendes Vorhaben Horváths aus, mit einem Eishockeyspiel im Mittelpunkt der Handlung, wie die nachfolgenden Transkriptionen zeigen:

[1][8]:

Wochenend am Staffelsee
Die Eishockeyleut
Lustspiel.
⟨?⟩

Priegler	*Eine Tänzerin*
Tanlosi	*Eine ältere Dame*
Dr. Kopp	
Kanadier	
Der Schiedsrichter	*Reichardt*
	Gustl Müller
	Die Musiker:

Die Akteinteilung Horváths sah vor:

I. Akt.
Der Fremdenverkehr.
Ankunft der Eishockeyleut.

II. Akt.
Der Begrüssungsabend.

III. Akt.
Das Spiel.

[2][9]:

Wochenend am Staffelsee
Lustspiel in drei Akten
⟨Die Eish⟩ *[Der umschwärmte Eishockeymann, der nur für den Sport lebt.]*
I.
Der Wirt – ⟨Bürgermeister⟩ Gustl
Der Wirt – Bürgermeister.
Wirt: Ihr wollt ein Fremdenverkehrsort sein? Ihr unterstützt uns ja garnicht! Ich hab durch persönliche Beziehungen, daf > fertiggebracht, dass am nächsten Sonntag ⟨ein⟩, morgen, ein Eishockeykampf hier stattfindet. Das hebt doch auch den Fremdenverkehr für den Sommer!
Bürger: Gut. Ich Die Gemeinde wird vertreten sein!
Der Wirt – Kellnerin
Kellnerin – ⟨Kellner⟩ Musiker (der von der Börse hergeholt wurde über den bürgerlichen Spezi)
Kellnerin – zwei Dauergäste:
ein Schriftsteller
seine Frau aus dem Grossbürgertum
Die Eishockeyleut [(»Wir vertreten Deutschland.«)]
Eishockey – Wirt
Eine Frau fährt dem einen Eishockeymann nach, den sie aushält – das Mädel, mit dem er heraussen ist.

[3][10]:

Das Propagandaspiel.
Lustspiel in drei Akten.

Personen:
Major
Bürgermeister
Reichardt
Gemeinderäte
Die Eishockeymannschaft der Einheimischen
Josef Reithofer
Die Kellnerin
Die fremden Eishockeyleut.

Der Entwurf hierzu sah vor:

I. Akt. [Lautsprecher]
1.) Bürgermeister – Gemeinderäte – Reichardt – Major – (Reithofer) (Überlegung zum Fremdenverkehr) Die Gemeinde soll einen Preis stiften
2.) Reichardt – Major
[Major: Ich hab noch andere Ziele. Vaterländische Ziele!]
3.) Reithofer – Die Kellnerin.
⟨4.) Ankunft der Eishockeyleut.⟩
4.) Die einheimische Eishockeymannschaft – Major.
5.) Reithofer – ⟨?⟩ Stürmer.
6.) Ankunft der Eishockeymannschaft.
II. Akt.
1.) Ankunft der > Die fremde Eishockeym[annschaft.]
2.) Offizielle Begrüssung.
3.) Der Ball.
III. Akt. Das Spiel.

Horváths Skizzen unter dem Titel *Ein Wochenendspiel* entwickelten sich im weiteren Verlauf mehr und mehr zur Darstellung von Zeitereignissen hin, als habe Horváth aufgrund seiner Beobachtungen und Erlebnisse im Weilheimer Raum in den Jahren 1928/29 ein Bild der Differenzen zwischen den einzelnen kleinstädtischen Vereinen, Verbänden und Parteien zeichnen wollen, um in ihnen die Krise der gesamten Weimarer Republik jener Jahre widerzuspiegeln. In Horváths Entwürfen[10] ist von *Radfahrern* die Rede und von der *Technischen Nothilfe*, von der *Ankunft der Arbeiter im Walde*, wo es zum *Zusammenstoß der S.P.D.* mit Mitgliedern der *K.P.D.* kommt und im *III. Akt* auch der Name *Hitler* auftaucht. In einem der Entwürfe führt Horváth den *Arbeiterradfahrerbund* mit seinem Namen *»Solidarität«* an.

Der Arbeiter-Radfahrerbund »Solidarität«, 1904 gegründet, hatte 1933 innerhalb von 5000 Ortsgruppen insgesamt 350 000 Mitglieder, eine davon in dem nicht weit von Murnau entfernten Penzberg mit 670 Mitgliedern im Jahr 1930.[11] Auf die Zusammenhänge zwischen Horváths in einer *süddeutschen Kleinstadt* spielendem Volksstück und den Ereignissen in Penzberg ist in den Erläuterungen (S. 164 u. 185 f.) hingewiesen. Klaus Tenefeldes Untersuchungen über Radikalisierung und Widerstand in der »proletarischen Provinz« Penzberg sprechen auch von »überregionalen Meisterschaften und Varieté-Veranstaltungen«[12] des dortigen Radfahrervereins.

Die nachfolgenden Transkriptionen der handschriftlichen Entwürfe, die sich immer wieder mit geringfügigen Abweichungen wiederholen, versuchen die Hauptphasen von Horváths Vorarbeiten wiederzugeben.

[4][13]:

Ein Wochenendspiel
in drei Akten.
I.

I. 1.) Arbeiterradfahrerklubb. [gegen den Stahlhelmmann/ gegen Minister (K.P.D.)]
II. 2.) Minister. (der Beamte, ein praktischer aus der Bourgoisie = Syndikus) 1.) Gespräch: Beamter – Reaktionärer Beamter.
III. 3.) Geliebte.

II.
1.) Stahlhelm. (der durchgehende Stahlhelmmann)
2.) ⟨Minister⟩ Arbeiter.
3.) ⟨Arbeiter⟩ Minister.

4.) Stahlhelm./ Geliebte/ Arb > Opposition/Minister/Syndikus/ ⟨?⟩ S.P.D./Bräute der Opposition.
III.
1.) Stahlhelm. [Wald.] (will den Minister kompromittieren)
Grosse Aussprache: Minister – K.P.D.
2.) Minister.
3.) Arbeiterradfahrerklubb.

[5][14]:

Ein Wochenendspiel
in drei Akten.

Personen:

Der Minister	*Die Arbeiter*
Der Syndikus	*S.P.D. – K.P.D.*
Die Diva	*Die Mädchen der K.P.D.*
Ihr Geliebter	*Der »Verräter« (N.S.D.A.P.)*

Ein Wochenendspiel

I. 1.) Arbeiterradfahrer.

Präsident: Ich eröffne die Diskussion! Zur Diskussion steht der Antrag des Genossen Maurer, betreffs des aufzuführenden Festspieles und überhaupt der Feierlichkeiten anlässlich unseres 85 > 50 jährigen Jubiläums. Das Wort hat unser Genosse Bauer.

Genosse Bauer: Genossen! Arbeiterradfahrer! 50 Jahre sind eine lange Zeit und wir müssen das Stiftungsfest würdig feiern.

Opposition: Ich beantrage den Ausschluss unseres Ehrenmitgliedes wegen Arbeiterverrat.

Präsident: Hinaus!

Müller: Wir haben einen viel grösseren Verräter unter uns. Ich > Er hat sogar den traurigen Mut, hier zu erscheinen. Er ist zum Stahlhelm gegangen.

Meier: Das stimmt. Weil eine Uniform umsonst bekomm.

Präsident: Die grösste Korruption!

Bauer: *Ausschluss!*
Abstimmung: *Einstimmig!*
(Stille)
Meier: *(geht langsam hinaus) Auf Wiedersehen!*
2.) *Minister.*
Referent: *Es ist eine Eingabe, um Zuschuss zum Arbeiterradfahrbund.*
Minister. *Ja.*
Referent: *Unmöglich!*

[6][15]:

Ein Wochenendspiel
in sieben Bildern.

Personen:
Bürgermeister
Rechtsanwalt
Seine Geliebte
Dessen Geliebter, ein Student
Referenten des Bürgermeisters
Präsident des Arbeiterradfahrbundes
Opposition
Stahlhelm – Major.
Studenten.

I. *Arbeiterradfahrer.*
II. *Bürgermeister.*
III. *Geliebte.*
IV. *Stahlhelm vor dem Urwald.*
V. *Bürgermeister.*
VI. *Arbeiterradfahrerbund.*
VII. *Urwald.*

Am Rande der Seite:

1. Sprecher: *Die Stadt wurde gegründet im Jahre 1576. Es waren ursprünglich Bauern, dann Bürger, mit der Einführung der Maschinen die Fabrik. Kein Nationalvermögen wächst ohne Opfersinn!*

2. Sprech: *Es kam der Krieg ......*
3. Sprech: *Es kam die soziale Fürsorge und die Arbeiterbewegung.*

Am unteren Teil der Seite:

I. Arbeiterradfahrer. II. Bürgermeister. III. Geliebte. IV. Stahlhelm vor dem Urwald. V. Bürgermeister. VI. Arbeiterradfahrer. VII. Urwald.

Auf der folgenden Seite:

I. Arbeiterradfahrer.
1. Die Sprecher.
3. Sprecher: Allmählich brachten sie es auch fertig, den Samstag Nachmittag und den Sonntag freizubekommen.
2. Sprecher: So entstanden die Arbeiterkulturvereine.
3. Sprecher: Und ⟨?⟩ heute bringen wir ihnen ⟨?⟩ den Arbeiterkulturverband.
1. Sprecher: *(Im Hintergrund ein Dorf)*
2. Sprech: *(Allmähliche Umwandlung in die Fabrik)*
(Elendstypen)
(Kollektivtypen)
3. Sprecher:

Parallel zu den Skizzen in den Notizbüchern blieben auch einige Blätter mit Entwürfen zum *Wochenendspiel* erhalten.
Auf einem dieser Blätter vermerkte Horváth:
[7][16]:

Drei Volksstücke
I. Ein Wochenendspiel
(ein Akt)

Und daneben:

I. Der Kongress.
I. Im Weinhaus zur alten Liebe.
II. Auf dem Platz.
III. Im Weinhaus zur alten Liebe.
II. Die politisierte Liebe.
III. Die italienische Nacht.
IV. Die Schönheit von Fulda.
1.) Haustochter Familie.

2.) Haustochter.
3.) ⟨?⟩ Der Reisende.
4.) Wieder zuhause.
5.) Fabrik. 6.) Bar. 7.) Beim Betriebsrat.

Darunter:

II. Der Schlemihl.
(Sladek) = Fritz: Ich versteh die Leut nicht mir ihrem Kollektivismus. Das ist doch alles anders. Der Mensch ist auf sich gestellt – auf sich allein, besonders der Deutsche. Indem, dass wir heute die Lage sehen – wie lange werden wir noch brauchen, bis wir kollektiv denken können? Ich werds ja nimmer erleben –

÷

Fritz, der Bruder Lenis.
Fritz: Ich versteh Dich nicht, wie kannst Du Dich mit so einem Menschen abgeben?
Leni: Er gefällt mir halt!
Fritz: Du weisst wohl nicht, was das für ein Charakter ist. Meiner Seel, ich glaub, das ist ein Sozi.
Leni: Mir ist das ganz wurscht, was einer für eine soziale politische Einstellung hat!
Fritz: (lacht kurz) Haha! Was ich da nicht hören muss! Armes deutsches Vaterland!
Leni: Tu nur nicht so!
Fritz: Ich kann das nicht trennen, ich nicht! Ich könnte mich niemals für eine Bolschewistin interessieren! Ich nicht!
Leni: (ab)
Fritz und sein Freund: Die Weiber sind halt überhaupt unzuverlässig! Wir Aufrechten tun uns recht schwer!
Fritz: Es bleibt uns zuguterletzt nur die Prostitution!
Freund: Komm! In das Weinhaus!

Als Vorarbeit kann das nachfolgende, auf drei karierten Blättern handschriftlich entworfene Konzept gelten, in dem bereits *die Dvorakische, Leni*, der *Major*, der *Stadtrat* und *Martin* auftauchen, Figuren, die auch in der Endfassung wiederkehren. Die Namen

Reithofer und *Swoboda* gehören zu jenen Schlüsselfiguren, die Horváths Gesamtwerk kennzeichnen.

[8][17]:

⟨?⟩ Im Wald
Ein Wochenendspiel
Volksstück in 13 Bildern.
(Das Stück spielt im Wald)

1.) Der Feldherrnhügel.
Prinz, Adjutant, Major, usw. – Trompeter, Standartenträger, Trommler.

2.) Die Republikaner im Walde. (Musikprobe)
[⟨Betz oder⟩ Engelbert
⟨Betz⟩
Kappelmeister: Lieblich! Mehr Addagio! Mehr Gefühl!
der Swoboda: [Reithofer: (er ein Musiker)] Also ich scheiss Dir was auf Dein Gefühl! Ich tu bei dem Krampf überhaupts nichtmehr mit!
Kappelm: ⟨?⟩ Das ist keine Selbstbeherrschung!
der Swoboda: (wütend ab)
ein [er stösst mit der Zunge an] Musiker: Man muss nachsichtig mit ihm sein, bitte. Er war im Krieg verschüttet – er ist halt sehr nervös – man muss solche Ausdrücke menschlich nehmen –
Kappelmeister: No ja! (er klopft; wieder Walzer)]
[(Im Hintergrund werden die Lampione geschmückt)]

3.) der Swoboda [Swoboda: (zur Frau) Ich bin ein Prolet, Weib! Du verstehst mich nicht! Du bist eine Wachtmeisterstochter –]
– seine Frau [die Dvorakische (die sehr geschmückt ist; er steht unter dem Pantofel)]
Swoboda – Frau [Frau: (zu Martin) Sie haben uns noch gefehlt! Sie! – Komm!

(ab mit Swoboda)]

– Martin (und Genossen)

Stadtrat: [Was denn los, dort hinten? (usw.)] – Martin, usw.

⟨Martin – Reithofer: (aus dem 3. Bild)⟩

Martin: Unser lieber Kamerad Josef empfängt die Hakenkreuzler!

Josef: Das ist ganz anders ⟨!⟩, liebe Leutl!

[(Am Schluss: ein gewaltiger Schuss)]

4.) Feldherrnhügel.

Prinz, Adjutant, Major: Königliche Hoheit! Wir markieren nun einen Fliegerangriff! Mein Batallion wartet, ich muss fort! Die Pflicht ruft! (ab – Schuss)

Prinz: Fürchterlich!

(Musik)

Prinz: Was für nette Musik! Schad dass es Republikaner sind! Ich mag die kriegerischen Könige überhaupt nicht! Sicher sind auch nette Madeln dabei – [Ich mag so Volksfeste!] ich bin für die Frauen aus dem Volke! [Ich setz mich ein bisserl her und wenns was gibt, dann rufens mich –

Adjutant: Was machens denn dort?

Prinz: Ich? Ärgern tu ich mich! ⟨Dieser schöne Walzer⟩ (er lauscht der Musik [einem Wiener Walzer]) Wenn ich diesen Walzer [den die Republikaner spielen] hör, so glaub ich immer, ich pass nichtmehr in die Zeit – dann werd ich immer traurig! Meiner Seel!]

5.) Auf einer Lichtung.

die Dvorakische. – Leni

die Dvorakische: (Swoboda)

Es ist doch was Herrliches, so a Blechmusik! Vor meinem Mann darf ichs ja nicht sagen, aber ich lieb die Uniform – das sitzt einem im Blut.

Leni: Ich möcht gern mal baden.

(sie badet)

Reithofer: (kommt) er spielt der Dvorakischen was vor: die Serenade von Toselli)

Leni: (klatscht im Bade)

6.) Prinz: (sieht durch das Opernglas; erhebt sich.) Was ist denn das? A das ist aber herzig! Wie eine Waldnymphe – das wollen wir doch mal anscheun – (ab)

Adjutant: (allein)

Major: (laut) Wo ist Majestät?

Adjutant: Königliche Hoheit wollen nur mal das Terrain rekognoziern. Sie dürfte wohl bald kommen.

Major: Ich schätze an K. H. das Interesse für das Militär.

Leni: (schreit) Major, Adjutant: (lachen)

7.) ⟨Leni – Prinz⟩ Reith. – Prinz – Reithofer: (verfolgt den Prinzen und beleidigt ihn)

⟨Leni – Prinz – Reithofer⟩

⟨Major [hat die Beleidigungen Reithofers; empört ⟨?⟩] – Adjutant⟩

Major: Halt! Wissen Sie, wer vor Ihnen steht! Majestät!

Reith.: Das ist mir ganz wurscht! Ich bin Republikaner! Wie kommt denn der dazu, sie in die Wadeln zu zwicken! Ich bin Republikaner!

Major: Königliche Hoheit! Wir rächen Sie! Empörend! Entschuldigung, Majestät!

7.) (Svoboda) [(besauft sich)] – Martin [(?)] – Anna

Reithofer [: Also bis auf nachher? – Leni (ab)

Reithofer: Wer hat denn die bracht! Du? ⟨?⟩] – Leni ⟨Anna – Reith.⟩ Martin – Reithofer – Betz ⟨Anna – Reithofer⟩

8.) ⟨Prinz – Anna⟩ Ein Hakenkreuzler. – Anna.

Anna – Reithofer ⟨: (ab)⟩

Reithofer – Leni

9.) Anna – Prinz / Anna: Ich hab mich verirrt, ich find nicht raus aus dem Wald!

Prinz – Anna

Bürgerwehr: (Rache)

10.) Die italienische Nacht.

11.) Die Opposition

(Nachricht durch Anna) [Martin: [(zu Anna)] Natürlich wegen einem Weib! Das war Blödsinn]

Reithofer – Leni.

⟨12.) Urwald⟩

12.) Zusammenstoss: Opposition – Bürgerwehr.

[Prinz: Das war ein agent provocateur!

Major: Wir werden zufassen! Wir werden es rächen! [Es sind Pazifisten! Martin: Wir sind keine Pazifisten!] Los!

Svoboda: Ja schaust, dass Du gleich mitkommst!

Opposition: (mit Stühlen)]

13.) Schluss. (Dieses Bild wird eventuell geteilt)

⟨12.) Zusammenstoss > Schluss⟩

12.) Schluss.

13.) Zusammenstoss:

14.) Schluss. Stadtrat: Jetzt sind wir noch immer so mit.

Kranz: Ich hab es mir jetzt reiflich überlegt, eine halbe Stunde lang überlegt.

Eine (fragmentarische) Ausarbeitung der ersten Szene des umrissenen Ablaufs zeigt die nachfolgende Transkription.

[9][18]:

Erstes Bild.

Der Feldherrnhügel

Königliche Hoheit, Adjutant, ⟨Major⟩ und die Herren vom Vorstand der Bürgerwehr: Kolonialmajor, ⟨der⟩ Bäckermeister und Reserveleutnant in Friedensuniform.

Dann: Trompeter, Standartenträger, Trommler.

Major: Erlauben Gestatten, Kö.H., dass ich K.H. die Situation erkläre. [einen kurzen Übersichtsplan gebe]

K.H.: Bitte.

Major: Die Aufgabe, die wir uns gestellt haben ist folgende: nachdem der Feind aus unserer Stadt vertrieben wurde, flüchtet er sich hierher in den Wald. Wir verfolgen ihn, er ist noch kompakt, er wird noch mehr versprengt und aufgerieben. ⟨(er gibt dem Trompeter ein Zeichen)⟩

⟨Trompeter: (trompetet)

Major: Auf dieses Signal hin beginnt der Kampf.⟩
Ich bitte, K.H., durch dies Fernrohr zu sehn.

K.H.: (sieht durch)

Major: K.H. sehen rechts am Wald eine getarnte Artilleriestellung – davor links eine Abteilung roter Jäger –

K.H.: Ich sehe leider nichts –

Major: Einen Augenblick! Unmöglich! (er sieht durch) Tatsächlich nichts! Unerhört! Es ist doch schon Zeit!
⟨der Trompeter: Es ist drei Uhr.

Major: Seit 10 Minuten –

Trompeter: Ja, aber der Herr Schreiner sagte, er müsste noch zuerst was erledigen. Er könnte nicht so schnell laufen, er hätt noch was zu tun – ?

Bürgermeister: Darf ich mich in das Gespräch mischen?

K.H.: Aber bitte!

Bürgermeister: Ich glaub, dass wir es für ½ 4 angesetzt haben, wir müssen also noch 8 Minuten warten –⟩

Major: Das doch ein Skandal! Ich werd mal gleich nachsehn – K.H. – Herr Graf! (ab)
(Stille)

Bürgermeister: Verzeihen, K.H., aber das kommt schon manchmal vor. Besonders der, der die Abteilung führt, ist ein unzuverlässiger Mann – er ist ein braver Soldat gewesen, aber er hat sich furchtbar zu Herzen genommen, dass wir den Krieg verloren haben, und da hat er angefangen zu saufen – – und seit der Zeit ist nichtmehr mit ihm zu reden. Er kann es nicht überwinden, das Unrecht, das dem hohen Hause K.H. angetan worden ist –

K.H.: Oh bitte!

⟨Adj⟩ Bürgermeister: Wie bitte?

Adjutant: K.H. wollen sagen, sie sind ganz einverstanden. –

K.H.: (zum Adjutanten) Es ist doch zu blöd!

Adjutant: K.H. lassen sagen, dass es K.H., dass es K.H. beson-

ders rührt, diese ⟨r Zauber hier⟩ Veranstaltung hier. Er sieht die Treue aus den Augen leuchten und hofft, dass sich alles noch zum Besseren wendet. Wenn es sich zum Besseren gewendet hat, werden K.H. immer an Bürgermeister denken.

Bürgermeister: K.H.! Tiefgerührt danke ich! Obwohl K.H. als ein bescheidener Mann nach unserer Stadt gefahren sind, unerkannt wollten Sie verweilen – so haben Sie treue Augen doch erkannt und wir empfinden es als unsere Ehrenpflicht, mir die ⟨?⟩, K.H., dieses Fest darzubieten.

Am 18. 1. 1930 war der zwischen der Ullstein A.G. und Ödön von Horváth am 11. 1. 1929 geschlossene Vertrag[19] »um weitere sechs Monate« verlängert worden und sicherte Horváth »je Monat weitere RM 300,– (dreihundert Reichsmark)« zu. In dem Vertragsbrief vom 18. 1. 1930 hieß es weiter: »Sollten wir bis zum 15. Juni ds. Js. kein weiteres neues Werk von Ihnen erworben haben, so bleiben Sie auch über den Termin des 15. Juni hinaus zur Einreichung Ihres nächsten Werkes verpflichtet.«[20] Am 22. 3. 1930 versprach Horváth dem Direktor der Münchner Stadtbibliothek und Initiator der 1924 gegründeten Handschriftensammlung der Stadtbibliothek Dr. Hans Ludwig Held[21], *das Manuscript meines nächsten Stückes – – das ich ungefähr Mitte Juni beendet haben werde – – nicht zu verbrennen, sondern es Ihnen sobald als möglich zukommen zu lassen.*[22] Zweifelsfrei meinte Horváth mit dem *Manuscript meines nächsten Stückes* sein *Wochenendspiel*, an dem er arbeitete, um seinen vertraglichen Verpflichtungen gegenüber Ullstein nachkommen zu können. Am 18. 11. 1931 bestätigte dann der Ullstein Verlag Horváth, »daß wir Ihr satyrisches Volksstück *Wochenendspiel* auf Grund der im Vertrage vom 11. Januar 1929 niedergelegten Bedingungen annehmen und den Bühnenvertrieb durch die Arcadia Verlag G.m.b.H. besorgen werden«.[23] Zuerst erschien eine als »unverkäufliches Manuscript vervielfältigt[e]« hektographierte Ausgabe unter dem Titel *Italienische Nacht*[24], die dann, wie der Ullstein Verlag Horváth am 4. 5. 1931 »der Ordnung halber«[25] mitteilte, durch eine Buchausgabe abgelöst wurde, deren Auslieferung am 4. 7. 1931 erfolgte.

Die Uraufführung von Horváths Volksstück *Italienische Nacht* fand Freitag, den 20. März 1931, um 19.30 Uhr im Theater am Schiffbauerdamm in Berlin unter der Regie von Francesco von Mendelssohn statt. Ursprünglich als einmalige Aufführung geplant, wurde es wegen des großen Erfolges in den Abendspielplan übernommen. Die Besetzung: Oskar Sima (Stadtrat), Walter Schramm (Kranz), Oskar Höcker (Engelbert), Hans Adolfi (Betz), Georg August Koch (Wirt), Albert Hoerrmann (Karl), Fritz Kampers (Martin), Viktor Gehring (Erster Kamerad), Franz Weilhammer (Zweiter Kamerad), Hans Henniger (Dritter Kamerad), Wolfgang Viktor (Vierter Kamerad), Otto Matthies (Kamerad aus Magdeburg), Otto Waldis (Faschist), Hans Alva (Major), Peter Schöningh (Leutnant), Helmuth Kindler (Czernowitz), Elsa Wagner (Adele), Bertha Drews (Anna), Marianne Kupfer (Leni), Margarete Faas (Dvorakische), Dela Behren (Erstes Frauenzimmer), Gerda Kuffner (Zweites Frauenzimmer), Cläre Eckstein und Edvin Denby (Geschwister Leimsieder), Lotte Heinitz (Tante).

Ernst Josef Aufricht[26], der Direktor des Theaters am Schiffbauerdamm, »lud den Gauleiter Hinkel und den Schriftsteller Arnolt Bronnen, der frühzeitig zu den Nationalsozialisten übergewechselt war, zur Premiere ein. Die beiden Nazis ließen sich nicht provozieren. Sie applaudierten wie die anderen Zuschauer der erfolgreichen Uraufführung«.[27]

Zwar hatte Bernhard Diebold[28] in seiner Kritik die Vermutung ausgesprochen, der Regisseur Francesco von Mendelssohn habe vor allem die gezielte politische Pointe des Stückes herausgearbeitet, und »Jeglicher von jeglicher Partei darf sich ein bißchen ärgern«[29], insgesamt jedoch vermißten die Rezensenten der Uraufführung eine »klare Stellungnahme«.[30]

Ernst Heilborn[31] sprach in der Zeitschrift Die Literatur von einem reizvollen »Bierulk, in dem sowohl die Republikaner, [. . .] wie die als Störenfriede auftretenden Hakenkreuzleute, sehr lustig verspottet werden«.[32]

»Was will er eigentlich«, fragte Felix Hollaender[33], »aufzeigen, daß die politische Welt eine Narrenbude ist, behaust von Schwätzern und Schaumschlägern?«[34]

Arthur Eloesser[35], Rezensent der Vossischen Zeitung, lachte, »aber nur mit einem Auge; das andere weinte über die unsühnbare Schandtat an einer Frau, die von glänzenden Ledergamaschen, von ritterlichen Sporenstiefeln totgetreten und ins Wasser geworfen wurde. Ödön Horváth nennt seine 7 Bilder aus dem heutigen politischen Leben ein Volksstück. Volksstück ist immer Entschuldigung für einen freundlichen Mangel an Wirklichkeitsnähe, an Folgerichtigkeit, aber wir können sie wohl nicht annehmen in einer Zeit, wo das deutsche Volk leider ganz andere Stücke aufführt.«[36] Der Rezensent[37] des Zentralorgans der Kommunistischen Partei Deutschlands, Die Rote Fahne, verwarf »dieses äußerliche und feige Stück« und warf Horváth vor, er »verhohnepipelt ein bissel die Republikaner, ein bissel die Faschisten, alles recht unverbindlich, gibt ein wenig kleinstädtisches Spießermilieu, ohne sich selbst wesentlich von anderen Spießern zu unterscheiden.«[38] Auch für die nationale Deutsche Zeitung war die *Italienische Nacht* eine »plumpe, hohle Verunglimpfung« des Nationalsozialismus, der »stark genug wäre, mit Humor geistvollen Scherz über sich zu ertragen«, aber: »Hier ist nichts erlebt, nichts empfunden – und das ist eine Todsünde wider die Kunst – Ödön Horváth!«[39] Der Tag, die »große nationale Zeitung«[40] des Berliner Scherl Verlages, nannte Horváths Stück »eine armselige Hetze gegen den Nationalsozialismus«.[41]

Von einem ganz großen Erfolg hingegen schrieben Norbert Falk[42] in der BZ am Mittag vom 21. 3. 1931 und Herbert Jhering[43] im Berliner Börsen Courier vom 21. 3. 1931, während Fritz Engel[44] etwas ratlos im Berliner Tageblatt bemerkte: »Horváth ist am Wege – am Ziel ist er noch nicht.«[45] Hingegen nannte Alfred Kerr Monate später im selben Blatt Horváths *Italienische Nacht* »himmlisch« und »den besten Zeitspaß dieser Läufte«.[46] Und schrieb später: »Ausgrabungen. Aber warum! Horváths Theaterstück *Italienische Nacht*, am Schiffbauerdamm zum letztenmal, macht sie unnütz. Hier ist ein gelungener Zeitspaß; statt eines Zeitstücks der Schwitzenden. Vielleicht Ludwig Thoma; doch erneut; doch verheutigt; doch mit Ansporn zur Tat . . . in Verhöhnung tatloser Spießer, verkalkter Aufständler. Behaglicher Tribunen. Ja, das ist ein Wurf, und man lacht sich krank.«[47]

Nachdem Carl Zuckmayer Horváths *Italienische Nacht* gelesen hatte, schrieb er: »Ich muß Ihnen einen Gruß schicken und meinen

Dank sagen, in großer Freude über Ihr dichterisches, mutiges und kluges Lustspiel. Da ist Blick und Griff, Sicherheit des Instinkts, Humor und vor allem: innere Unabhängigkeit. Der große Reiz des Stückes liegt für mich vor allem in der bezaubernden Leichtigkeit und Echtheit der Dialoge, deren Verknüpfungen und geistige Hintergründe ebenso sicher wie absichtslos, unaufdringlich, spürbar sind, – und in der Luft zwischen den Menschen, der Lebensdichtheit der Atmosphäre. Vielfach wird man Ihr Stück mißverstehen – wird versuchen, es politisch einzuschachteln, abzugrenzen, dem Schlagworthorizont bequemer und billiger faßbar zu machen. Kümmern Sie sich nicht darum, lassen Sie sich nicht beirren! Ihr Weg ist richtig, er führt zu neuer Menschengestaltung, zu neuer Lebensdeutung, zum neuen deutschen Drama. Ich beglückwünsche Sie dazu!«[48]

Daß Zuckmayers Brief im Programmheft des Theaters am Schiffbauerdamm abgedruckt war, erregte Anstoß. »Wir kennen diese Sitten von den Romanschriftstellern her, die sich immer gegenseitig auf den Buchbinden ihrer Bücher ihre großen Qualitäten bescheinigen. Die Dramatiker brauchen diese Unsitte nicht zu übernehmen«, schrieb Rolf Nürnberg in seiner Rezension[49]. Für Franz Servaes[50] war dies »eine merkwürdige Art der Selbstreklame«. [51] Der Brief Zuckmayers war auch abgedruckt im Programmheft der österreichischen Erstaufführung, die am 4. 7. 1931 im Wiener Raimund-Theater stattfand.[52] Der Direktor des Raimund-Theaters, Dr. Rudolf Beer[53], hatte Oskar Sima zu einem Gastspiel nach Wien eingeladen. Sima spielte, wie in Berlin, den Stadtrat und wurde auch als Regisseur der österreichischen Erstaufführung genannt. Für Sima war das Stück »eine lustige Persiflage«.[54]

Als »lustig« empfand es auch das Wiener Publikum; ein »Erfolg, verständlicherweise, groß und über das Maß einer Sommerpremiere weit hinausgehend« meldete die Wiener Allgemeine Zeitung[55], die einen Tag vor der Premiere ein Interview mit Ödön von Horváth veröffentlicht hatte, in dem Horváth über sein Stück gesagt hatte, es richte sich *nicht gegen die Politik, aber gegen die Masse der Politisierenden, gegen die vor allem in Deutschland sichtbare Versumpfung, den Gebrauch politischer Schlagworte.*[56]

Das Wiener Publikum kannte sich, so stand im Neuen Wiener Tagblatt zu lesen, »sofort in der bayrischen Kleinstadt aus, glaubte sogar

Bekannte zu sehen«. Dennoch empfand der Rezensent diese »politische Satire antipolitisch«, »im tiefsten«, wie er vorsichtig vermerkte. Doch »lustig ist diese politische Satire allerdings, sehr lustig sogar. Aber das Stück ist auch gescheit, lebensnah, mutig. Und bitterer Ernst steht hinter dem Stück«.[57] »Einigermaßen weitgetrieben« schien dem Kritiker der Neuen Freien Presse die Komödie, die man seiner Meinung nach auch »Das Wirtshaus zur Politik« hätte nennen können. Sicherlich sei Horváth »nicht ohne Talent, aber die satirische Absicht geht viel weiter als seine Kräfte. [...] Selbst wenn also der Anschluß vorweggenommen wäre, durch die Bezeichnung Wiens als süddeutsche Kleinstadt ist die Satire doch einigermaßen weit getrieben«.[58]

Unmittelbar nach der Wiener Premiere mußte Horváth, der durch Zufall Zeuge einer Saalschlacht geworden war, als ein SA-Trupp am 1. 2. 1931 im Murnauer Kirchmeir-Saal eine Veranstaltung der Sozialisten gesprengt hatte, vor Gericht aussagen: am 22. 7. 1931 vor einem Weilheimer Schöffengericht und am 29. 10. 1931 im Berufungsverfahren vor dem Landgericht München II.[59]

Zur selben Zeit, wenige Tage vor der Uraufführung seiner *Geschichten aus dem Wiener Wald* an Max Reinhardts Deutschem Theater in Berlin, erhielt Ödön von Horváth – zusammen mit Erik Reger[60] – durch Carl Zuckmayer den Kleistpreis 1931 zugesprochen. Für Zuckmayer, der »keinem Kuratorium oder Gremium unterstand, sondern ganz allein für die Nominierung des Preisträgers verantwortlich war«, gab es »nach der Lektüre einer Unzahl von Stücken, für das Drama nur eine Entscheidung: Horváth. Dabei war damals sein stärkstes und dauerhaftestes Stück, die *Geschichten aus dem Wienerwald* erst im Entstehen, ich kannte nur Szenen daraus«.[61]

Carl Zuckmayers Begründung für die Zuerkennung des Kleistpreises 1931 an Ödön von Horváth lautete: »Horváth scheint mir unter den jüngeren Dramatikern die stärkste Begabung, darüber hinaus, der hellste Kopf und die prägnanteste Persönlichkeit zu sein. Seine Stücke sind ungleichwertig, manchmal sprunghaft und ohne Schwerpunkt. Aber niemals wird sein Ausdruck mittelmäßig, was er macht, hat Format, und sein Blick ist eigenwillig, ehrlich, rücksichtlos. Seine Gefahr ist das Anekdotische, seine Stärke die Dichtigkeit der Atmosphäre, die Sicherheit knappster Profilierung, die lyrische Eigenart des Dialogs. Es wäre ein Mißverständnis, ihn für einen Satiriker zu halten, obwohl einzelne seiner Figuren und Situationen satirisch gezeichnet, d. h. von einem kritischen Blickpunkt aus überzeichnet sind. Wesentlich sind aber bei ihm nicht diese Momente, sondern das Weltbild und seine künstlerische Umschmelzung. Es ist anzunehmen, daß er der dramatischen Kunst, die immer und ohne Einschränkung eine Menschenkunst und eine Sprachkunst bleibt, neue, lebensvolle Werte zuführen wird.«[62] Ödön von Horváth erfuhr aus den Zeitungen von der Ehrung und wurde erst Tage später vom Vorsitzenden der Kleiststiftung, Fritz Engel, offiziell informiert. *Ein Teil der Presse begrüßte diese Preisverteilung lebhaft,* sagte Horváth ein halbes Jahr später in einem Interview[63], *ein anderer Teil zersprang schier vor Wut und Haß.*

»Die Würde des Kleist-Preises hat durch solche Komödie der Urteilskraft schwer gelitten, Carl Zuckmayer hat sich unrühmlich hervorgetan. Der Kunstverstand Berlins ist zum Teufel«, hieß es in der Neuen Preußischen Kronenzeitung vom 26. 10. 1931.[64] Erik Krünes[65] forderte öffentlich auf, dem »heimatlosen Ausländer Horváth« den Kleistpreis wieder abzuerkennen.[66] »Horváth ist kein Deutscher, sondern, wie er selbst bekennt, ein Vaterlandsloser, ein Ungar, der sich schämt, dies zu sein. Er beherrscht [. . .] nur mangelhaft die deutsche Sprache. Wenn der Kleistpreis noch einen Wert behalten soll, dann muß Herr Horváth schleunigst aus der Liste seiner Träger verschwinden!« In Will Vespers[67] Zeitschrift Die schöne Literatur beschimpfte Richard von Schaukal[68] Ödön von Horváth als »Balkanliteraten« und schrieb: »Durch die Schamlosigkeit aber, den Namen Kleists, des höchsten Meisters deutscher Sprachkunst, mit dem eines solchen mitleiderregenden Dilettanten zu verkuppeln, hat Carl Zuckmayer hoffentlich endgültig den Kleistpreis erledigt. Kein Hund würde nach solcher Besudelung künftig den Preis noch annehmen.«[69] Für Rainer Schlösser[70], den die Nationalsozialisten später zum »Reichsdramaturgen und stellvertretenden Präsidenten der Reichstheaterkammer« machten, waren die Werke Regers und Horváths »wertloseste, dürftigste und platteste Tendenzliteratur«. Horváth habe mit seinen Werken, schrieb Schlösser, damals noch Kritiker des Völkischen Beobachters, »nicht einmal die Höhenlage der Mittelmäßigkeit erreicht«. Das Volksstück *Italienische Nacht* des

»Salonbolschewiken« Horváth wäre ein »ebenso fades wie lächerliches Beispiel dafür, ›wie der kleine Oedoen sich die große deutsche Freiheitsbewegung vorstellt‹ [...] Und wir wissen, daß Horváth deutschen Menschen nichts, aber auch gar nichts zu sagen hat.«[71]

Als Vorlage für den Abdruck des Volksstückes *Ein Wochenendspiel* diente das von Ödön von Horváth handschriftlich korrigierte 54seitige Typoskript. Das Titelblatt – *Ein Wochenendspiel. Volksstück in sechs Bildern von Ödön Horváth* – trägt die Paginierung *I*, das Personenregister die Paginierung *II* (entsprechend Seite 9 und 10 dieser Ausgabe). Der Text beginnt mit Seite *1* und endet, durchpaginiert, auf Seite 52 des Typoskripts (entsprechend den Seiten 11 bis 59 dieser Ausgabe).
Der Abdruck von *Italienische Nacht* folgt der Buchausgabe des Propyläen Verlages, Berlin 1930. Das Exemplar umfaßt 112 Seiten, davon die Seiten 7 bis 107 paginiert, sowie 2 Deckblätter. Auf dem Einband: »Ödön Horváth. Italienische Nacht. Ein Volksstück. Im Propyläen-Verlag-Berlin«, Signatur: »Beucke«.
Seite 1: »Italienische Nacht«, Seite 2: vacat; Seite 3: »Italienische Nacht. Volksstück von Ödön Horváth«, Signet des Propyläen-Verlages, »Im Propyläen-Verlag Berlin«; Seite 4: »Alle Rechte vorbehalten. Das Aufführungsrecht ist zu erwerben und das Bühnenmaterial zu beziehen von Arcadia Verlag G.m.b.H. Berlin SW 68, Charlottenstraße 7-8. Copyright 1930 by Arcadia Verlag G.m.b.H., Berlin. Printed in Germany«; Seite 5: Personenregister (wie auf Seite 62 dieser Ausgabe); Seite 6: vacat; Seite 7 bis 108 der Text des Volksstückes (entsprechend den Seiten 63 bis 124 dieser Ausgabe).
Seite 109: »Im Propyläen-Verlag erschien bereits früher von Ödön Horváth *Der ewige Spießer* Roman in drei Teilen. Ein Bild des Spießers von morgen. ›Hier spricht einer, der etwas in unserer Zeit sehr Rares besitzt: Humor. Und der dabei den Zeitereignissen, den sozialen Fragen nicht ausweicht, um nirgends anzustoßen, der im Gegenteil anstoßen will, aber schon deshalb siegt, weil er Humor hat, einen so liebenswürdigen und trockenen Humor, der an den Dichter des Schweyk erinnert‹. (Münchner Post). Preis broschiert 3 M., in Leinen 4.50 M.«[72]
Seite 110: Verlagshinweis auf die Ausgabe von Walter Hasenclevers

Lustspiel *Ein besserer Herr* und die Komödie *Ehen werden im Himmel geschlossen*; Seite 111: Verlagshinweis auf Carl Zuckmayers *Der Hauptmann von Köpenick*; Seite 112: »Gedruckt im Ullsteinhaus Berlin«.
Die Buchausgabe der *Italienischen Nacht* des Propyläen-Verlages weicht textlich ab von einer Zwischenfassung der *Italienischen Nacht*, die, als »unverkäufliches Manuscript vervielfältigt«, im Arcadia-Verlag Berlin 1930 erschienen war und sich im Besitz von Elisabeth von Horváth befindet.
Dieses hektographierte Exemplar umfaßt 108 Seiten, davon die Seiten 4 bis 102 paginiert, sowie zwei Deckblätter. Format 15.8 × 18.8 cm; blauer Einband, schwarzer Rücken.
Auf dem Einbanddeckel: »Italienische Nacht. Volksstück von Ödön Horváth. Acadia-Verlag G.M.B.H. Berlin SW 68, Charlottenstraße 7-8. Copyright 1930 by Acadia-Verlag G.m.b.H., Berlin.«
Am oberen Rand des Exemplares der Vermerk »differiert mit gebundener Ausgabe« in der Handschrift von Lajos von Horváth, dem Bruder Ödön von Horváths. Es folgt ein leeres Deckblatt. Auf dem (unpaginierten) Titelblatt steht zusätzlich zum Text des Einbanddeckels der Vermerk: »Als unverkäufliches Manuscript vervielfältigt. Dieses Buch darf weder verkauft, noch verliehen, noch sonst irgendwie weitergegeben werden. Alle Rechte, insbesondere die der Übersetzung, Verfilmung und Übertragung durch Rundfunk, vorbehalten. Dieses Buch darf zu Bühnenzwecken, Vorlesungen und Vereinsaufführungen nur benutzt werden, wenn vorher das Aufführungsrecht einschließlich des Materials von uns rechtmäßig erworben ist. Das Ausschreiben der Rollen ist nicht gestattet. Übertretung dieser Bestimmungen verstößt gegen das Urheberrechtsgesetz. Wird das Stück nicht zur Aufführung angenommen, so ist das Buch umgehend zurückzusenden an: Acadia-Verlag G.M.B.H. Berlin SW 68, Charlottenstraße 7-8.« Wie auf dem Einbanddeckel auch hier derselbe Druckfehler im Copyright-Vermerk: »Acadia« statt »Arcadia«.
Die (unpaginierte) Seite 1 des hektographierten Bühnenmanuskriptes nennt als Personen: Stadtrat, Kranz, Engelbert, Betz, Wirt, Karl, Martin, Martins Genossen, Ein Faschist, Der Major, Adele, Anna, Leni, Die Dvorakische, Zwei Prostituierte, Frau Hinterberger, Geschwister Leimsieder, Republikaner und Faschisten. In der Hand-

schrift von Lajos von Horváth ist *Martins Genossen* verbessert in »Kameraden«, *Zwei Prostituierte* in »Zwei Frauenzimmer« entsprechend der Buchausgabe. Weiterhin in derselben Handschrift: »1. Kamerad aus Magdeburg. 2. Der Leutnant, 3. Czernowitz«, mit dem Vermerk: »1, 2, 3 fehlen«. Das Exemplar ist bis Seite 20 von Lajos von Horváth handschriftlich durchkorrigiert, die Textabweichungen sind gegenüber der Buchausgabe des Propyläen-Verlages vermerkt.
Diese hektographierte Ausgabe des Arcadia-Verlages unter dem Titel *Italienische Nacht* ist eine Zwischenfassung, einzuordnen nach dem Typoskript von *Ein Wochenendspiel* (Seite 9 bis 59 dieser Ausgabe) und vor der Endfassung von *Italienische Nacht* (Seite 61 bis 124 dieser Ausgabe).
In dieser Arcadia-Ausgabe spielt das Dritte Bild nicht in *den städtischen Anlagen*, sondern in einer *Seitenstraße*, wie im *Wochenendspiel*. Das Fünfte Bild enthält noch nicht die Anfangsszene, und es fehlt auch die Szene Leutnant–Czernowitz. Hingegen ist der Auftritt des Majors, der im *Wochenendspiel* noch fehlt, bereits vorhanden. Die Schlußvariante dieser Arcadia-Fassung ist auf Seite 133 dieser Ausgabe abgedruckt.
Bei den in diesem Band wiedergegebenen Varianten zu *Italienische Nacht* handelt es sich bei Variante 1 (S. 127 f.) um die Transkription einer handschriftlichen Dialog-Skizze Horváths[73] als Druckvorlage; bei Variante 2 (S. 129 f.) dient ein Typoskript[74] Horváths mit dem handschriftlichen Vermerk *drehen 4. Bild* am Ende der Seite als Vorlage, sie ist wohl anläßlich der Berliner Proben zur Uraufführung, nach dem ersten handschriftlichen Entwurf (S. 127 f.), entstanden. Druckvorlage für die Schlußvariante 1 (S. 131 f.) waren Typoskriptblätter Horváths[75], Schlußvariante 2 (S. 133) folgt der hektographierten Arcadia-Ausgabe; Schlußvariante 3 (S. 134 f.) wie auch Schlußvariante 4 (S. 136 ff.) sind Typoskriptblätter Ödön von Horváths.[76]

Der Text von *Italienische Nacht* wurde erstmals wieder in Ödön von Horváth, *Stücke, hg. von Traugott Krischke*, Reinbek bei Hamburg 1961 (S. 11-49), abgedruckt. Der Erstabdruck von *Ein Wochenendspiel* erfolgte 1974 in Band 410 der Bibliothek Suhrkamp (S. 63 bis 107).
Die französische Übersetzung von Renée Saurel unter dem Titel *La*

nuit italienne erschien 1967 (zusammen mit *Glaube Liebe Hoffnung* und *Don Juan kommt aus dem Krieg*) bei Gallimard in Paris, eine italienische Übersetzung von Umberto Gandini und Emilio Castellani unter dem Titel *Notte italiana* erschien 1973 in der Mailänder Theaterzeitschrift Sipario und wurde 1974 in den Auswahlband *Teatro Popolare* (zusammen mit *Geschichten aus dem Wiener Wald, Kasimir und Karoline* und *Glaube Liebe Hoffnung*), im Mailänder Verlag Adelphi, aufgenommen. Eine russische Übersetzung von E. Muchelewitsch erschien (zusammen mit *Sladek oder Die schwarze Armee, Geschichten aus dem Wiener Wald, Kasimir und Karoline, Hin und her, Don Juan kommt aus dem Krieg* und *Figaro läßt sich scheiden*) in dem Sammelband *P'esy [Stücke]* 1980 in Moskau.

10/94 *Süddeutsche Kleinstadt* – Wie schon in der Komödie *Zur schönen Aussicht* (Band 1) hatte Horváth als Schauplatz der Handlung den Markt Murnau am Staffelsee gewählt, wo sein Vater, Dr. Edmund von Horváth (1874-1950), 1924 in der Bahnhofstraße 17 ein Grundstück erworben und bebaut hatte. Seit dieser Zeit hielt sich Horváth häufig, außer in Berlin, in Murnau auf. Markt Murnau war damals ein Ort mit knapp 3000 Einwohnern »als Sommerfrische und Wintersportplatz besucht, [...] in einer malerischen Moränenlandschaft, die südlich von einem Kranz schöngeformter Berge begrenzt wird« (Karl Baedeker, *München und Südbayern. Handbuch für Reisende*, Leipzig 1928, S. 137). Vgl. hierzu auch *Ein sonderbares Schützenfest* (Band 11). Neben Murnau dürfte Horváth aber auch die ebenfalls im Bezirk Weilheim gelegene Stadt Penzberg (damals ca. 5700 Einwohner) und deren politisches Leben mit zur Zeichnung der *süddeutschen Kleinstadt* herangezogen haben. (Vgl. hierzu: Klaus Tenefelde, *Proletarische Provinz. Radikalisierung und Widerstand in Penzberg/Oberbayern 1900 bis 1945*, in: Martin Broszat u. a. [Hg.], *Bayern in der NS-Zeit IV. Herrschaft und Gesellschaft im Konflikt.* Teil C, München, Wien 1981, S. 1-382; siehe auch die Erläuterungen zu den S. 31/90.)

Zeit: 1930-? – Am 31. 12. 1929 zog Carl von Ossietzky in der Weltbühne Bilanz: »Über diesem Jahresende liegt wie ein giftiger grauer Nebel die Erinnerung an die Inflationszeit. Die blendende Fassade der letzten Jahre muß jetzt mit Wucherzinsen bezahlt werden. [...] Das System der Stabilisierung, das sich seit 1924 immer mehr gefestigt hatte, ist von seinen eigenen Nutznießern erschüttert worden.« (Carl von Ossietzky, *Bilanz 1929*, in: Die Weltbühne 26. Jg., Nr. 1, S. 1) Die Zahl der Arbeitslosen wurde zu Beginn des Jahres 1930 mit 3,218 Millionen angegeben. Noch regierte (seit 28. 6. 1928) die SPD mit Reichskanzler Hermann Müller-Franken

(1876-1931) in Großer Koalition mit Zentrum, DDP, DVP und BVP, »ein Bündel heftig widerstreitender Kräfte« (Wolfgang Treue, *Die deutschen Parteien. Vom 19. Jahrhundert bis zur Gegenwart*, Frankfurt–Berlin–Wien 1975, S. 147). Über die Regelung der Beiträge zur Arbeitslosenversicherung kam es im März 1930 zu einer Koalitionskrise, die am 27. 3. zum Rücktritt des Kabinetts Müller führte. Reichspräsident Paul von Hindenburg beauftragte daraufhin den Zentrumsabgeordneten Heinrich Brüning (1885-1970) mit der Bildung einer neuen Koalitionsregierung, die am 30. 3. 1930 erfolgte (siehe unter 29/82). In der Regierungserklärung des neuen Reichskanzlers Brüning vom 1. 4. 1930 hieß es: »Das Kabinett ist gebildet mit dem Zweck, die nach allgemeiner Auffassung für das Reich notwendigen Aufgaben in kürzester Frist zu lösen. Es wird der letzte Versuch sein, die Lösung mit diesem Reichstag durchzuführen.« (Zit. nach Overesch/Saal, *Die Weimarer Republik*, Düsseldorf 1982, S. 455) Schon im Juni kam es zu einer neuen Kabinettskrise, hervorgerufen durch die Erhöhung des Beitrags zur Arbeitslosenversicherung von 1% auf 4,5% sowie die Einführung von Sondersteuern. Finanzminister Paul Moldenhauer (1876 bis 1947) bot seinen Rücktritt am 18. 6. an, am 26. 6. wurde Hermann Dietrich (1879-1954) Reichsfinanzminister. Doch der Juli 1930 entwickelte sich zu einem Krisenmonat. Da das vom neuen Finanzminister eingebrachte Deckungsprogramm von der SPD und von der Links- und Rechtsopposition (DNVP, NSDAP, KPD) abgelehnt wurde, versuchte Hindenburg das Programm als Notverordnung nach § 48 der Reichsverfassung (Band 2,169) durchzusetzen. 256 Abgeordnete von SPD, KPD, NSDAP und DNVP lehnten die Notverordnung ab und verlangten die Auflösung des Reichstags. Für den 14. 9. 1930 wurden Neuwahlen angesetzt, die mit der größten Überraschung in der Geschichte der deutschen Demokratie endeten: Gewinner der Wahlen wurden die radikalen Parteien. Die NSDAP errang 107 (bisher 12), die KPD 77 (bisher 54) Sitze. Nach der SPD mit 143 Sitzen war die NSDAP somit die zweitstärkste Partei, gefolgt von der KPD,

dem Zentrum (mit 68 Sitzen; bisher 62) und der DNVP (mit 41 Sitzen; bisher 73). Bis zum Jahresende 1930 ging die Mitgliederzahl der SPD auf 809 106 (gegenüber 1 021 777 Ende 1929) zurück, die Mitgliederzahl der NSDAP stieg auf 389 000 (gegenüber 176 426 Ende 1929).
Carl von Ossietzky schrieb am 30. 12. 1930: »Das Jahr 1930, dies grimassenhafte Jahr, schließt mit der ärgsten Erschütterung der so trügerisch konsolidierten deutschen Wertbestände. Der Kapitalismus rafft in hektischer Gier, wo es kaum noch was zu raffen gibt, und durchlebt nochmals einen künstlichen Jugendrausch. Das pseudodemokratische System hat nicht mehr den Glauben an seine Mätzchen und verliert sich in dilletantischer Verordnungsspielerei. Und in den Massen selbst regt sich die Opposition gegen die Harmonieprediger in Partei und Gewerkschaft. In diesen primitiven und noch halb unbewußten Regungen liegt die Gewähr, daß in der letzten Partie der Fascismus doch sein Spiel verlieren wird.« (Carl von Ossietzky, *Alle gegen Alle*, in: Die Weltbühne 26. Jg., Nr. 53, S. 972)

11/63 *Tarock* – Kartenspiel unter drei Spielern; »Bayrisch-Tarock« hat 36 Blätter mit deutschen Zeichen.

kiebitzt – Ausdruck dafür, daß ein beim Kartenspielen nicht Beteiligter seine Beobachtungen unaufgefordert an die Mitspieler weitergibt und dadurch das Spiel beeinflußt bzw. stört.

republikanische Pensionsempfänger – Anspielung auf die zahlreichen konservativ-nationalistischen Verbände und Gruppen in der Weimarer Republik. Die von Horváth genannten *Parademärsche, Feldgottesdienst* und *Kleinkaliberschießen* gehörten zum latenten Fundus ihrer Treffen und Veranstaltungen. »In den Bahnen des alten Nationalismus der wilhelminischen Zeit verbleibend, waren sie größtenteils restaurativ gesinnt und bekämpften die neue Republik wegen ihres demokratischen Staatsaufbaus und ihrer durch den

Versailler Vertrag notwendig gewordenen Politik der Erfüllung.« (Kurt Sontheimer, *Antidemokratisches Denken in der Weimarer Republik. Die politischen Ideen des deutschen Nationalismus zwischen 1918 und 1933*, München ²1983, S. 27)

Abteilung Faschisten – In *Ein Wochenendspiel* (S. 11, 13, 18 usf.) hatte Horváth den ursprünglichen Ausdruck *Heimatwehr* im Typoskript handschriftlich in *Faschisten* korrigiert; an einer Stelle (S. 15) stand ursprünglich auch *Hakenkreuzler* (vgl. Band 2, 152 f.) für das spätere *Faschist*.
Als *Heimatwehr*, auch als »Heimwehr« oder »Heimatschutz«, bezeichnete man in Österreich freiwillige Schutzverbände, die sich 1919 aus den Grenzkämpfen in Kärnten entwickelt hatten und schließlich, nach den blutigen Unruhen vom 15. 7. 1927 in Wien (Niederschlagung eines sozialistischen Aufstands), zu einer antikommunistischen Kampftruppe wurden. Vergleichbare Freiwilligenverbände in Deutschland bezeichnete man als »Bürgerwehr« oder »Einwohnerwehr«. Sie hatten sich nach der Novemberrevolution 1918 in vielen Orten »zum Schutz der Ordnung und des Eigentums« gebildet. Durch Verordnung der Volksbeauftragten der Räteregierung am 13. 1. 1919 wurden die Wehren in eine »Republikanische Schutztruppe« umgewandelt. In der Konferenz von Spa (6.-16. Juli 1920) wurde von den Siegermächten die Entwaffnung und Auflösung der Bürgerwehren beschlossen. Die durch ein am 5. 8. 1920 vom Reichstag gegen die Stimmen der USPD, KPD und Teilen der DNVP verabschiedetes Gesetz geforderte Entwaffnung der Bevölkerung diente letztlich nur der (geheimen) Wiederbewaffnung verschiedenster sog. Selbstschutzverbände. (Vgl. auch Band 2,151)

akuten Bedrohung – Vgl. hierzu Kurt Sontheimer (S. 25 f.): »Die akute Bedrohung der Weimarer Republik ging von ganz Links und von Rechts aus. Auf der extremen Linken behaupteten sich die Kommunisten vor allem zum Ende hin als eine beachtliche antidemokratische Partei. Auf der antidemokratischen Rechten hat man einen alten von einem jungen Nationalismus unterschieden. Diese Unterscheidung hat ihren guten Sinn. Alter Nationalismus bedeutete die Fortsetzung alter, konservativ-nationalstaatlicher Traditionen in den veränderten Verhältnissen der neuen Republik. Der neue Nationalismus hingegen war tatsächlich etwas Neues; er war im herkömmlichen parlamentarischen Einteilungsschema nicht so recht unterzubringen und leitete sich aus dem Weltkrieg als dem Beginn einer neuen Epoche her.«

Reaktion – Eigentlich einerseits das Bestreben, zu alten, überholten Anschauungen zurückzukehren, und andererseits das starre Festhalten an bestehenden Zuständen; im Sprachgebrauch der Sozialdemokraten in der Weimarer Republik wurden die rechtsorientiert-nationalistischen Gruppen und Parteien als »Reaktion« bezeichnet; mit *der Reaktion*, der es *an einem ideologischen Unterbau mangelt*, umreißt Horváth dieses »Konglomerat der verschiedensten Ideen, in dem zwar zunächst die völkischen Ideen bestimmend waren, das aber mehr und mehr zu einem offenen System wurde, das viele Ausdeutungen und Akzentuierungen zuließ, je nach Situation und Publikum. Die Vieldeutigkeit der nationalsozialistischen Ideologie war eine allgemeine Bedingung für den großen Massenzulauf. Sie bot dem einzelnen Wähler die Möglichkeit, seinen eigenen ideologischen Standort im Nationalsozialismus wiederzufinden.« (Sontheimer, S. 134 f.) – Vgl. hierzu auch die »Wahlanalyse« von Helmut von Gerlach (1866-1935) in: Die Welt am Montag, Berlin, 6. 10. 1930:

> »Die Hitlerwähler setzen sich aus zwei Kategorien zusammen: einer kleinen Minderheit von Nationalsozialisten, die auf das Hakenkreuz eingeschworen sind, und einer riesigen Mehrheit von Mitläufern. [...] Da sind Arbeiter, relativ genommen nicht sehr viele, aber eine Million wird es doch wohl gewesen sein. Es sind Landarbeiter, die sich immer noch vom ›gnädigen Herrn‹ abhängig wähnen und

von ostelbischen Granden für Hitler kommandiert wurden. Es sind jene labilen Elemente, die erst bei den Kommunisten hospitiert haben und sich nun den Nationalsozialisten zuwenden, weil diese sich noch radikaler gebärden. Es sind junge Leute, Friseurgehilfen, Chauffeure usw., die sich etwas Besseres dünken als die Masse der gewerkschaftlich organisierten Fabrikarbeiter. Da sind Massen von Angestellten, insbesondere aus den Kreisen der deutschnationalen Handlungsgehilfen, die berühmten oder berüchtigten Stehkragenproletarier. Ihr Interesse müßte sie in eine Einheitsfront mit den Arbeitern führen. Aber ihr »Standesgefühl« ist stärker als ihre soziale Einsicht.

Da ist das Gros der Studenten und sonstigen jungen Akademiker. Bei ihnen fällt die antisemitische Hetzphrase auf besonders dankbaren Boden. Der Jude wird eben als unbequemer Konkurrent empfunden. Sie sind fanatisch nationalistisch. Den Krieg kennen sie nicht. [...] Da sind bedauerlich viele Beamte. Ihre politische Freiheit verdanken sie ausschließlich der Republik. Aber leider hat ihnen die Republik mit der politischen Freiheit nicht auch zugleich das politische Denken geben können, das ihnen in der Kaiserzeit ausgetrieben worden war. Sie sind ein besonders dankbares Objekt für Demagogen.

Da ist vor allem der große Block des sogenannten selbständigen Mittelstandes. Diese Millionen von Handwerkern, Gewerbetreibenden und Kleinkaufleuten führen seit der nach 1871 einsetzenden großindustriellen Entwicklung einen verzweifelten Kampf um ihre Existenz. Es fehlt ihnen an wirtschaftlicher Einsicht. Darum fallen sie auf jeden Schwätzer herein, der ihnen die Wiederherstellung des ›goldenen Bodens‹ durch Kampf gegen Juden und Warenhäuser, gegen Börse und Gewerbefreiheit verspricht.« (Zit. nach: Wolfgang Michalka, Gottfried Niedhart, *Die ungeliebte Republik. Dokumente zur Innen- und Außenpolitik Weimars 1918-1933*, München [2]1981, S. 288 f.)

republikanischer Schutzverband – Einen »Republikanischen Schutzbund« gab es, 1924 von Julius Deutsch (1884-1968) gegründet, in Österreich als sozialdemokratischen Wehrverband, der 1928 eine Stärke von ca. 80 000 Mann erreichte. Mit dem Begriff *republikanischer Schutzverband* meinte Horváth den am 22. 2. 1924 von dem SPD-Politiker Otto Hörsing (1874-1937) und Max Höltermann (1894-1956) in Magdeburg mit Mitgliedern aus SPD und der Gewerkschaft gegründeten Bund Deutscher Kriegsteilnehmer und Republikaner »Reichsbanner Schwarz-Rot-Gold«, zu dessen Führungsspitze aber auch Mitglieder der Staatspartei und des Zentrums gehörten. Einer der Mitbegründer war auch der SPD-Parteivorsitzende Otto Wels (1873-1939); das »Reichsbanner« verstand sich als überparteiliche Abwehrfront gegen die vaterländischen Verbände und hatte den Leitsatz: »Kampf für Demokratie und Republik«. Militärisch organisiert und uniformiert, war das »Reichsbanner« trotz einer offiziellen Mitgliederzahl von 3,5 Millionen »in seiner politischen Strategie und seinem Verhalten zu defensiv im Sinne eines Gegengewichts und der Abwehr rechtsgerichteter Massenorganisationen wie Stahlhelm und SA (NSDAP)« (Michael Gollbach, *Die Wiederkehr des Weltkrieges in der Literatur. Zu den Frontromanen der späten Zwanziger Jahre*, Kronberg/Ts. 1978, S. 29). Neben dem im November 1918 gegründeten antirepublikanischen Bund der Frontsoldaten »Stahlhelm« und dem kommunistischen, 1924 gegründeten und 1929 verbotenen, »Rote Frontkämpferbund« bezeichnete die Existenz solcher Verbände »die Schärfe des politischen Antagonismus und zugleich die ständige innenpolitische Bedrohung der Republik« (Karl Dietrich Bracher, *Die Auflösung der Weimarer Republik. Eine Studie zum Problem des Machtverfalls in der Demokratie*, Villingen [5]1971, S. 130; zit. nach Gollbach, S. 29).

Vorsitzender der hiesigen Ortsgruppe – In *Ein Wochenendspiel* hatte Horváth die ursprüngliche Formulierung *Vorsitzender der Ortsgruppe Kaltenbrunn* (S. 12, 18, 31 usf.) im

Typoskript handschriftlich in *der hiesigen Ortsgruppe* korrigiert. Vermutlich spielte Horváth auf das bei Partenkirchen gelegene Kaltenbrunn an.
Kurt Tenefelde (*Proletarische Provinz*, S. 57) wies darauf hin, daß in Penzberg, nur wenige Kilometer von Murnau entfernt, im August 1924 eine »Ortsgruppe des Ende Februar 1924 in Magdeburg gegründeten Reichbanners ›Schwarz-Rot-Gold‹ entstand« und später »zu beachtlicher Größe« anwuchs.

15/64 *deutscher Tag* – Als eine »der zeitüblichen Veranstaltungen« bezeichnete Ernst Deuerlein (*Der Aufstieg der NSDAP in Augenzeugenberichten*, München ²1976, S. 156) den »Deutschen Tag« der NSDAP am 14./15. 10. 1922 in Coburg. Vaterländische Verbände nannten die Gedenkfeiern an den Sieg von Sedan im Jahr 1870, die sie in Nürnberg und München durch Paraden feierten, ebenfalls »Deutschen Tag«.

12/64 *Dritten Reich* – Der von den Nationalsozialisten adaptierte (und am 10. 7. 1939 verbotene) Begriff geht zurück auf das 1923 erschienene Buch *Das dritte Reich* von Arthur Moeller van den Bruck (1876-1925). Es gilt als »die Programmschrift der ›Konservativen Revolution‹ und das wichtigste Zeugnis antidemokratischen Denkens in der Weimarer Republik [...] Konservatismus bedeutet für Moeller van den Bruck Rückkehr zu den Werten der Nation, Revolution die Errichtung einer neuen Ordnung unter ihrem Banner. Das Alte und Ursprüngliche, die blutsmäßigen Werte und Güter der Nation müssen in eine neue Form gegossen werden: die Idee des neuen Reiches ist die Idee eines neuen Nationalismus« (Werner von Stegmann, in: *Kindlers Literatur Lexikon*, München: dtv 1974, S. 2874).

Mussolini – Benito Mussolini (1883-1945) hatte am 28. 10. 1922 durch den »Marsch auf Rom« die Macht an sich gerissen und war seit 1. 11. 1922 Regierungschef Italiens.

–/64 *Eichel* – Farbe einer deutschen Spielkarte; hier beim »Bayrisch-Tarock« die höchste Karte (siehe auch unter 11/63).

12/64 *Solo* – Jener Spieler, der gegen die beiden anderen Spieler (beim Tarock) antritt.

Bettel – Beim Tarock das Gegenteil von »Solo«; jener Spieler, der die niedrigsten Karten hat, spielt einen sog. Bettel, d. h. er kann keinen »Stich« machen, bei dem ausgespielte Karten durch eine Karte höheren Wertes »gestochen« werden.

14/65 *Karl Marx* – Karl Heinrich Marx (1818-1883), zusammen mit Friedrich Engels (1820-1895) Begründer des Marxismus. – Das 1891 von Karl Kautsky (1854-1938) entworfene »Erfurter Programm« war marxistisch und bildete die Grundlage der 1890 als Nachfolgepartei der SAPD (Sozialistischen Arbeiterpartei Deutschlands) gegründeten SPD (Sozialdemokratische Partei Deutschlands). Auch das Heidelberger Programm der SPD im Jahr 1925 hielt noch an der marxistischen Grundauffassung fest, war aber praktisch reformistisch.

–/67 *Querulant* – Aus dem Lateinischen: Nörgler.

–/68 *Mammon* – Aus dem Hebräischen für Geld als Götze; nach Matthäus 6,24: »Ihr könnt nicht Gott dienen und dem Mammon.«

impertinent – Aus dem Lateinischen für unausstehlich, frech; in Österreich umgangssprachlich gebraucht.

–/69 *die Reichsfarben* – Bis 1919 (seit 1871) waren Schwarz-Weiß-Rot die Farben des deutschen Kaiserreichs; die Weimarer Verfassung von 1919 führte als Reichsfarben Schwarz-Rot-Gold ein, während die »Reaktion« bei ihren republikfeindlichen Veranstaltungen demonstrativ die Flaggenfarben Schwarz-Weiß-Rot benutzte.

18/70 *vaterländisch* – Von Horváth hier synonym für »völkisch« gebraucht (Kennzeichnung für ein »Konglomerat verschiedenster ideologischer Elemente« [Rolf Geissler, *Dekadenz und Heroismus. Zeitroman und völkisch nationalsozialistische Literaturkritik*, Stuttgart 1964, S. 11]). Vgl. auch Martin Broszat (*Die völkische Ideologie und der Nationalsozialismus*, in: Deutsche Rundschau 1, 1958, S. 53-68; hier S. 56): »Tatsächlich finden sich unter diesen Sammelnamen praktisch alle Weltanschauungselemente des Nationalsozialismus nebeneinander, der Antisemitismus ebenso wie die Idee der Volksgemeinschaft, Blut- und Bodentheorien neben neugermanischem Mythos.« (Zit. nach: Axel Fritz, *Ödön von Horváth als Kritiker seiner Zeit. Studien zum Werk in seinem Verhältnis zum politischen, sozialen und kulturellen Zeitgeschehen*, München 1973, S. 52, 267) – Nach Sontheimer (S. 131 ff.) war das

> »völkische Denken in gewissem Maße ›die Verdrängung alldeutscher Machtpolitik auf die Ebene des Gefühls‹ (Broszat, S. 60). Es gehörte in seiner krassen Ausprägung zum Primitivsten und Geistlosesten, was die politischen Ideologien der Zeit zu bieten hatten. [. . .] Alles Internationale ist dem Völkischen suspekt und verhaßt. Er verfolgt ein Programm völkischer Autarkie auf allen Gebieten.
>
> 1. Auf dem Gebiet der *Bevölkerungspolitik* durch die Forderung nach Reinerhaltung des deutschen Blutes vermittels der Rassenhygiene.
>
> 2. Auf dem Gebiet der *Wirtschaft* durch die Ausschaltung des internationalen Börsenkapitalismus und der weltwirtschaftlichen Verflechtung. Dementsprechend soll Deutschland seine industrielle Entwicklung zugunsten einer Stärkung der agrarischen Produktion drosseln, zumal gerade der Boden eine besondere Kraftquelle deutscher Art ist.
>
> 3. Auf dem Gebiet des *Geistes* durch Konzentrierung auf *deutsches* Denken unter Ausschaltung fremden Geistesgutes insbesondere durch Ausmerzung des widerdeut-

schen jüdischen Literaturgeistes. In der deutschen *Sprache* durch Ablehnung bzw. Eindeutschung aller Fremdwörter.

4. In der *Kunst* durch die Pflege artgemäßer und das deutsche Wesen verherrlichender Kunst.

5. In der *Politik* durch Abschaffung aller fremden westlichen Institutionen und ihre Ersetzung durch einen völkischen Staatsaufbau.

6. In der *Religion* durch Ersetzung des jüdischen Gottes durch einen deutschen Gott.«

18/70 *Kolonien* – Vgl. hierzu die Erläuterungen zu *Sladek* (2,161) und *Jugend ohne Gott* (13,161 f.); aber auch *Zur schönen Aussicht* (Band 1), *Rund um den Kongreß* (Band 1), *Der ewige Spießer* (Band 12) und *Stunde der Liebe* (Band 15).

20/73 *meinen Mozart und meinen Kalman* – In *Ein Wochenendspiel* (S. 20) heißt es noch: *Schumann, Mozart, Kalman und Johann Strauß.*

Schumann – Robert Schumann (1810-1856), als Komponist ein Vertreter der »musikalischen Hochromantik«.

Mozart – Wolfang Amadeus Mozart (1756-1791)

Kalman – Emmerich Kálmán (1882-1953), ungarischer Operettenkomponist, u. a. *Csardasfürstin* (1915), *Gräfin Mariza* (1924), *Zirkusprinzessin* (1926).

Johann Strauß – Johann Strauß (Vater, 1804-1849), komponierte vor allem Walzer und Märsche (angebl. auch *Radetzki-Marsch*) und gilt neben Joseph Lanner (1801-1843) als der »Walzerkönig«. Von Johann Strauß (Sohn, 1825 bis 1899) wurden u. a. komponiert: *G'schichten aus dem Wienerwald* (1868) und zahlreiche Operetten (*Fledermaus*, 1874; *Zigeunerbaron*, 1885; *Wiener Blut*, 1899).

Die genannten Komponisten wurden von Horváth häufig innerhalb seiner Werke zitiert. Über die Verwendung der Musik bei Horváth siehe vor allem Winfried Nolting, *Der totale Jargon. Die dramatischen Beispiele Ödön von Horváths*, München 1976 (bes. S. 232-238), und Helmut Arntzen,

Horváth, Geschichten aus dem Wiener Wald, in: Walter Hinck (Hg.), *Die deutsche Komödie*, Düsseldorf 1977, S. 246-268 (bes. S. 249 ff.).

21/73 *Liebesleben in der Natur* – Zitat nach dem Titel des populärwissenschaftlichen dreibändigen Werkes *Das Liebesleben in der Natur* von Wilhelm Bölsche (1861-1939), das 1898-1902 erschienen war und in einer Neubearbeitung aus dem Jahr 1910 gegen Ende der zwanziger Jahre eine Auflage von nahezu 100 000 erreicht hatte.

Professor Freud – Sigmund Freud (1856-1939), Begründer der Psychoanalyse, 1885 Dozent an der Universität Wien, 1902 Professor. – Aktueller Anlaß für Horváths Anspielung scheint die Verleihung des Goethe-Preises der Stadt Frankfurt am Main an Sigmund Freud am 28. 8. 1930 gewesen zu sein sowie die Publikation seiner gesellschaftstheoretischen Schrift *Das Unbehagen in der Kultur* (Anfang Januar 1930) im Internationalen Psychoanalytischen Verlag in Wien, einer Auseinandersetzung mit den Thesen von Wilhelm Reich (1897-1957) über das Verhältnis von ›Natur‹ und ›Kultur‹. »Freud sah hinter Reichs Kombinationsversuch von dialektischem Materialismus und Psychoanalyse die Gefahr einer dogmatischen Bindung der neuen Wissenschaft an den zur Staatsreligion umgebildeten ›Sowjetmarxismus‹. [. . .] Im Lichte seiner in *Jenseits des Lustprinzips* (1920) entwickelten (dritten) Triebtheorie erklärt Freud die Aggressionsneigung als ›ursprüngliche, selbständige Triebanlage des Menschen‹ zum unlösbaren Hauptproblem der Vergesellschaftung: ›Die Schicksalsfrage der Menschenart scheint mir zu sein, ob und in welchem Maße es ihrer Kulturentwicklung gelingen wird, der Störung des Zusammenlebens durch den menschlichen Aggressionstrieb Herr zu werden. [. . .] Daher [. . .] das Aufgebot von Methoden, die die Menschen zu Identifizierungen und zielgehemmten Liebesbeziehungen antreiben sollen, daher die Einschränkung des Sexuallebens.‹ Der ›Todestrieb‹, der die Rückkehr des Lebens in den anorganischen Zustand anstrebt, erscheint einmal im Dienste des ›Eros‹ zwecks Herrschaft über die Natur nach außen gewendet, zum anderen verleiht er der als Gewissensinstanz (Über-Ich) verinnerlichten Autorität ihre Macht. Das Schuldgefühl der Menschheit wurde beim Urvatermord erworben, erneuert sich in jeder ödipalen Konstellation und treibt die Kulturentwicklung voran. Je mehr Menschen der ›innere erotische Antrieb‹ der Kultur zu einer libidinös gebundenen Masse vereint, desto stärker wird das Schuldgefühl, das in ihnen auf verdrängte Aggressionswünsche reagiert.« (Helmut Dahmer, in: *Kindlers Literatur Lexikon*, München: dtv 1974, S. 9723). – Vgl. zum Niederschlag Freudscher Theorien in Horváths Werk die Arbeiten von Ingrid Haag (vor allem: *Zu Horváths »Komödie des Menschen«*, in: Austriaca 14. Mai 1982, S. 169-186, und *Zeigen und Verbergen. Zu Horváths dramaturgischem Verfahren*, in: Traugott Krischke [Hg.], *Horváths Geschichten aus dem Wiener Wald*, Frankfurt 1983, S. 138-153).

Aggressionstrieb – 1908 von Alfred Adler (1870-1937), einem Schüler Sigmund Freuds, geprägter Begriff. Jede »Eroberung« einer Frau durch einen Mann, und umgekehrt, bedarf des Aggressionstriebs.

Selbstmordtrieb – Nach Sigmund Freud eigentlich »Todestrieb«, der naturnotwendig ist, »um das Wuchern des Lebens zu verhindern, damit es sich nicht selber durch Aggression verschlingt«. (Nach Ernest Bornemann, *Lexikon der Liebe. Materialien zur Sexualwissenschaft*, Frankfurt–Berlin–Wien 1978, S. 1419)

Sadismus – Ein von dem Neurologen Richard Freiherr von Krafft-Ebing (1840-1902) geprägter Ausdruck für die im Werk von Donatien-Alphonse François Marquis de Sade (1740-1814) beschriebenen sexuellen Neigungen und Praktiken.

Masochismus – Ebenfalls von Krafft-Ebing geprägter Ausdruck nach den Beschreibungen von Leopold von Sacher-Masoch (1836-1895) in dem Roman *Venus im Pelz* (1904, aus dem Nachlaß): »Für mich besteht ein einzigartiger Reiz im Leiden; die Tyrannei, die Grausamkeit und vor allem die Untreue einer schönen Frau steigern meine Leidenschaft.«

Lustmord – Magnus Hirschfeld (1868-1935), Arzt und Begründer des Instituts für Sexualwissenschaft in Berlin (1918), publizierte 1930 das Werk *Geschlecht und Verbrechen*, in dem er sechs Kategorien von Lust- bzw. Sexualmord anführte: den Mord zur Erreichung des Orgasmus, die Tötung im Orgasmus, Tötung bei Überwindung des Widerstands, Mord zur nachträglichen Deckung eines Sittlichkeitsdelikts (Notzucht, Kinderschändung), Tötung bei »Maßnahmen zur Tatdeckung« (z. B. Erwürgen, um das Opfer am Schreien zu hindern) und als Lustmord getarnte Morde aus anderen Motiven (z. B. Raubmord). – Vgl. hierzu auch *36 Stunden* (Band 12).

Perversitäten – Von lat. ›perversitas‹, Begriff für Verkehrtheit, wobei die Sexualwissenschaft zwischen »Perversität« und »Perversion« dahingehend unterschied, daß sie unter Perversion die triebhafte, unkontrollierte Sucht nach einem anderen als dem »normalen Geschlechtsverkehr« verstand, unter Perversität die bewußte, kontrollierte Suche nach Andersartigem. – Bei Horváth umgangssprachlich im Sinne von »widernatürlich« gebraucht. Vgl. hierzu auch die Interpretation Sigmund Freuds in seinen *Drei Abhandlungen zur Sexualtheorie* (S. 19 f.): »Die Ärzte, welche die Perversionen zuerst an ausgeprägten Beispielen und unter besonderen Beispielen und unter besonderen Bedingungen studiert haben, sind natürlich geneigt gewesen, ihnen den Charakter eines Krankheits- oder Degenerationszeichens zuzusprechen, ganz ähnlich wie bei der Inversion. Die alltägliche Erfahrung hat gezeigt, daß die meisten dieser Überschreitungen, wenigstens die minder argen unter ihnen, einen selten fehlenden Bestandteil des Sexuallebens der Gesunden bilden und von ihnen wie andere Intimitäten auch beurteilt werden. Wo die Verhältnisse es begünstigen, kann auch der Normale eine solche Perversion eine ganze Zeit lang an die Stelle des normalen Sexualzieles setzen oder ihr einen Platz neben diesem einräumen. Bei keinem Gesunden dürfte irgendein pervers zu nennender Zusatz zum normalen Sexualziel fehlen.«

–/74 *Hemmung* – Neben der »Triebhemmung« und »Zielhemmung« ist die »Hemmung« einer der drei Begriffe aus der Psychoanalyse, »die den Verzicht auf Befriedigung sozial tabuierter Sexualwünsche zugunsten einer geringeren Befriedigung durch einen erlaubten Wunsch ausdrücken sollen. [...] So erklärt sich mangelndes Sozialgefühl oft aus den unberücksichtigten und unüberwundenen Hemmungen früherer Entwicklungsstufen der Libido. Finden wir einen rücksichtslosen, ausschließlich der Abneigung ergebenen Charaktertyp, der das Konzept des Gemeinwohls als Contradictio in adjecto empfindet, so können wir mit großer Wahrscheinlichkeit vermuten, daß es in der Ätiologie seiner Neurose irgendwann eine unverarbeitete Hemmung gegeben hat« (nach Bornemann, S. 559).

23/75 *Für mich sind am besten* – Vgl. hierzu *36 Stunden* und *Der ewige Spießer* (Band 12).

Der Krieg dran schuld – Vgl. hierzu *Don Juan kommt aus dem Krieg* (Band 9).

23/76 *Anna* – Vgl. hierzu Dietmar Griesers Recherchen aus dem Jahr 1973: »Wohl weiß die Schirmhändlerin am Untermarkt [in Murnau], daß die Minna, ihre Schwester, oft mit dem älteren der Horváth-Söhne – ›ein festes Mannsbild war er, und für die einfachen Leut' hat er g'schriebn'‹ – in der ›Seerose‹ gesessen ist, aber noch keiner hat ihr gesagt, daß sie das Urbild der Anna aus der *Italienischen Nacht* ist.« (Dietmar Grieser, *Ein sogenannter schmucker Markt, Murnau und seine Horváth-Schauplätze*, in: Ders., *Schauplätze österreichischer Dichter. Ein literarischer Reiseführer*, München 1974, S. 118-126, hier: S. 121 f.)

Herrschen tut der Profit – Slogan der SPD. Vgl. hierzu aus dem Wahlaufruf der SPD am 19. 7. 1930: »Die Regierung Brüning hat versagt. Ihr einziges Bestreben war darauf gerichtet, die Sozialdemokratie, die politische Vertretung der Arbeiterklasse auszuschalten und mit den Großindustriellen und den Großgrundbesitzern zu regieren. Daran ist sie gescheitert. [. . .] Wähler und Wählerinnen, nicht die Diktatur soll regieren, sondern die Demokratie. Das Kapital will herrschen durch Diktatur. Demokratie aber ist die Herrschaft des arbeitenden Volkes. [. . .] Wähler und Wählerinnen, setzt euch zur Wehr [. . .] gegen die Regierung Brüning, die mit dem Großkapital verbrüdert ist und die Rechte der Arbeiterklasse niederschlagen will!« (Wilhelm Mommsen, *Deutsche Parteiprogramme*, München ³1977, S. 471 f.; zit. nach: Michalka und Niedhart, *Die ungeliebte Republik*, S. 274 f.)

24/77 *Metropole* – Im Griechischen bedeutete »Metropolis« die »Mutterstadt«, bei den Römern war es die Hauptstadt eines Landes bzw. einer Provinz. Seit Fritz Langs (1890-1976) Film *Metropolis* (Uffg. am 10. 1. 1927 im Berliner Ufa-Palast am Zoo) wiederum ein »Modewort«; bei Horváth als Synonym für »eine technische Zukunftstadt und Gartenlaubenromantik«, wie der Kritiker Herbert Jhering (1888-1977) in seiner Kritik über den Film im Berliner Börsen-Courier vom 11. 1. 1927 formulierte.

–/79 *passive Resistenz* – Gemeint ist »Passiver Widerstand«, ein Begriff, den Hans Victor von Unruh (1806-1886), Präsident der Nationalversammlung, geprägt hatte und den dann Otto von Bismarck (1815-1898) aufgriff; innerhalb der Geschichte der Weimarer Republik wurde der »passive Widerstand«

zum festen Begriff während der Besetzung des Ruhrgebiets durch französisch-belgische Truppen (siehe auch Band 2,155 f. und 157).

28/82 *eine Blume einfach so abbrech* – Horváth verwendet hier Goethes Motiv aus *Sah ein Knab ein Röslein stehn* (»Und der wilde Knabe brach/ 's Röslein auf der Heiden . . .«).

29/82 *Reichspräsident* – Seit dem 25. 4. 1925 Paul von Hindenburg (1847-1934).

Reichskanzler – Vom 30. 3. 1930 bis 30. 5. 1932 Dr. Heinrich Brüning (1885-1970), Zentrum.

Reichsinnenminister – Vom 30. 3. 1930 bis 8. 10. 1931 Dr. Josef Wirth (1879-1956), Zentrum.

Reichsminister – Vom 30. 3. 1930 bis 8. 10. 1931: Vizekanzler: Dr. Hermann Dietrich-Baden (1879-1934), DDP / Inneres: Dr. Joseph Wirth (siehe oben) / Auswärtiges: Dr. Julius Curtius (1877-1948), DVP / Finanzen: (bis 20. 6. 1930) Dr. Paul Moldenhauer (1876-1947), DVP; (bis 26. 6. 1930) beauftragt Dr. Heinrich Brüning (siehe oben); (bis 7. 10. 1931) Dr. Hermann Dietrich-Baden (siehe oben) / Wirtschaft: (bis 26. 6. 1930) Dr. Hermann Dietrich-Baden (siehe oben); (bis 7. 10. 1931) beauftragt Dr. Ernst Trendelenburg (1882-?) / Arbeit: Dr. Adam Stegerwald (1874-1945), Zentrum / Justiz: (bis 5. 12. 1930) D. Dr. Dr. Johann Viktor Bredt (1879-1940), Wirtschaftspartei; (bis 7. 10. 1931) beauftragt Dr. Kurt Joel (1865-?), parteilos / Wehr: Dr. Wilhelm Groener (1867-1939), parteilos / Post: Dr. Georg Schätzel (1874-1934), BVP / Verkehr: Theodord von Guérard (1863-1943), Zentrum / Ernährung: Dr. Martin Schiele (1870-1939), DNVP / Besetzte Gebiete: (bis 30. 9. 1930) Gottfried Reinhold Treviranus (1891-1971), Chr.Nat.Arb.Gem.

–/84 *Denkmal des ehemaligen Landesvaters* – Anspielung auf das vom Murnauer Posthalter August Bayerlacher (gest. 1895) gestiftete Denkmal für König Ludwig II. (1845-1886) von Prof. Josef Hautmann, München, an der Kohlgruber Straße gegenüber dem Kurpark in Murnau, das am 24. 8. 1894 festlich eingeweiht wurde und zu Horváths Zeiten oft Ziel von »Farb-Anschlägen« war.

bayrischer Präsentiermarch – Gemeint ist der *Bayerische Defiliermarsch* von Adolf Scherzer.

–/86 *Blondmädel* – Inbegriff des nationalsozialistischen »Schönheitsideals«, das durch den »Rasseforscher« Hans Friedrich Karl Günther (1891-1968) schon frühzeitig in seinen Werken *Rassenkunde des deutschen Volkes* (1922; 1929: 14. Auflage), *Der nordische Gedanke des deutschen Volkes* (1925), *Adel und Rasse* (1927), *Deutsche Köpfe nordischer Rasse* (1927; gemeinsam mit dem Anthropologen Eugen Fischer, 1874-1967), *Kleine Rassenkunde des deutschen Volkes* (1928) u. a., propagiert wurde. Vgl. hierzu auch Hermann Glasers Beschreibung nach »den vielen Bildbänden zur Förderung der rassischen Reinheit, den Zeitungen und Zeitschriften und sonstigen propagandistischen Publikationen«, die alle denselben Typus illustrierten: »gutgewachsene Mädel tanzten und hüpften barfuß auf Dünensand und Wiesengrün und der Sonne entgegen; Trachtenmädel saßen sinnend auf einem Stein, blondhaarig und blauäugig; Kameradinnen im Ernteeinsatz, die Hakenkreuznadel am Busen, die Ährenbündel auf der Forke; Bergmädel vor dem Alpenkreuz auf froher Wanderfahrt; aber auch Aristokraten-Mädel auf Rappen über die Heide (Gewitterwolken im Hintergrund); blonde Mutter mit blondem Kind am Klavier mit Leuchter und aufgenordetem Plüsch.« (Hermann Glaser, *Spießer-Ideologie. Von der Zerstörung des deutschen Geistes im 19. und 20. Jahrhundert und dem Aufstieg des Nationalsozialismus*, Frankfurt–Berlin–Wien 1979, S. 128) Vgl. hierzu auch den Text eines »viel und früh in München« gesungenen

Liedes *Heil mein Lieb, der Morgen graut* von Franz Müller, in dessen dritter Strophe es hieß: »Deutsches Mädel blond und braun, / Deine goldnen Locken / Darf kein Jude mehr anschau'n, / Klingen Friedensglocken.« (Zit. nach: Alfred von Beckerath, *Das frühe Kampflied der nationalsozialistischen Bewegung*, Berlin 1936)

Jude in den Krieg hineinschlittern lassen – Vgl. Adolf Hitler, *Mein Kampf* (1925): »So ist der Jude heute der große Hetzer zur restlosen Zerstörung Deutschlands. Wo immer wir in der Welt Angriffe gegen Deutschland lesen, sind Juden ihre Fabrikanten, gleich wie ja auch im Frieden und während des Krieges die jüdische Börsen- und Marxistenpresse den Haß gegen Deutschland planmäßig schürte, so lange, bis Staat um Staat die Neutralität aufgab und unter Verzicht auf die wahren Interessen der Völker in den Dienst der Weltkriegskoalition eintrat.« (Zit. nach: 220./224. Aufl., München 1936, S. 702 f.)

–/87 *Zimbern und Teutonen* – Abgeleitet vom lat. Cimbri, einem germanischen Stamm in Jütland, der um 120 v. Chr. zusammen mit den an der Westküste Jütlands wohnenden Teutonen nach Süden zog; beide besiegten 113 v. Chr. bei Horeia (dem heutigen Neumarkt in der Steiermark) ein römisches Heer. Aus dem Namen des Volkes der Tiuda, so benannt nach dem germanischen Kriegsgott Tiu bzw. Teut, wurde dann tautsch bzw. deutsch; der Begriff Teutonen wurde zum Synonym für die Deutschen schlechthin.

Der Gott, der Eisen wachsen ließ – Nach dem *Vaterlandslied* (1812) von Ernst Moritz Arndt (1769-1860), das mit den Verszeilen beginnt: »Der Gott, der Eisen wachsen ließ, / Der wollte keine Knechte . . .«

Deutschland erwache! – Nach Max Domarus (*Hitler. Reden und Proklamationen 1932-1945. Kommentiert von einem deutschen Zeitgenossen, Band 1: Triumph*, Erster Halbband

1932-1934, Wiesbaden 1973, S. 254) vor 1933 ein Kampfruf der Nationalsozialisten, »der häufig auch in Sprechchören zu hören war (Zuruf eines einzelnen: ›Deutschland‹, Antwort der Masse im Chor: ›erwache!‹), so ähnlich wie Rede und Gegenrede, Gesang und Antwortgesang in verschiedenen kirchlichen Liturgien geübt werden«. – Vgl. hierzu auch das Gedicht von Dietrich Eckart (1868-1923), etwa 1920 entstanden: »Sturm, Sturm, Sturm! / Läutet die Glocken von Turm zu Turm! / Läutet die Männer, die Greise, die Buben, / Läutet die Schläfer aus ihren Stuben, / Läutet die Mädchen herunter die Stiegen, / Läutet die Mütter hinweg von den Wiegen. / Dröhnen soll sie und gellen die Luft, / Rasen, rasen im Donner der Rache, / Läutet die Toten aus ihrer Gruft, / Deutschland erwache!« Eckarts *Deutschland erwache!* stand später in jedem Lehrbuch und gehörte zum ständigen Repertoire nationalsozialistischer »Feierstunden«.

Hakenkreuzlied – Gilt als eines der »ersten Lieder der Bewegung« und wurde häufig in München gesungen. Der Text (von Kleo Pleyer, Prag 1922) erschien erstmals in einer Veröffentlichung zum Maifest der sudetendeutschen NSDAP. »Wir sind das Heer vom Hakenkreuz, / Hebt hoch die roten Fahnen! / Der deutschen Arbeit wollen wir / Den Weg zur Freiheit bahnen! – Wir schließen keinen Bruderpakt / Mit Juden und mit Welschen, / Weil sie den Freiheitsbrief / Des deutschen Volkes fälschen. – Wir schließen keinen Bruderpakt / Mit unseren Tyrannen / Und mögen sie uns hundertmal / In's tiefste Elend bannen. – Wir schließen keinen Bruderpakt / Mit bangen feigen Wichten, / Es gilt die große Niedertracht / Europas zu vernichten.« Gesungen wurde das Lied nach der Melodie »Stimmt an mit hellem, frohen Klang ...« (Zit. nach: Beckerath)

–/88 *Ich weiß nicht, was soll es bedeuten* – Als besondere Pointe läßt Horváth ausgerechnet die Faschisten das Lied singen, dessen Text von dem Juden Heinrich Heine (1797-1856) stammt (1823 entstanden, abgedruckt im 1. Band der *Reise-*

bilder, 1826). Die Melodie dazu schrieb Friedrich Silcher (1789-1860), der auch »Volkslieder« wie *Ännchen von Tharau* und *Zu Straßburg auf der Schanz* komponierte.

Zum Rhein, zum Rhein, zum deutschen Rhein – Zitat aus der 6. (und letzten) Strophe des Liedes *Die Wacht am Rhein!* Der Text (urspr. *Die Rheinwacht*) stammt vom Kaufmann Max Schneckenburger (1819-1849) und wurde am 18. 12. 1840 im Tuttlinger Grenzboten veröffentlicht. Die Melodie komponierte Carl Wilhelm 1854.

»Stolz weht die Flagge schwarz-weiß-rot« – »Flaggenlied« der wilhelminischen Marine, dessen erste (von insgesamt vier) Strophen lautete: »Stolz weht die Flagge schwarzweiß-rot von unsres Schiffes Mast; / Dem Feinde weh, der sie bedroht, der diese Farbe haßt! / Sie flattert an der Heimat Strand im Winde hoch und hehr, / Und weit vom Teuren Vaterland auf sturmbewegtem Meer! / Ihr woll'n wir unser Leben weih'n, der Flagge schwarz-weiß-rot! / Hurra!« (Zit. nach: Wolfgang Steinitz, *Deutsche Volkslieder demokratischen Charakters aus sechs Jahrhunderten*, Berlin 1979, Sonderausgabe für Zweitausendundeins, II. Band, S. 581)

–/89 *Czernowitz* – Stadt in der heutigen Ukrainischen SSR; 1774 wurde Czernowitz österreichisch und war, mit 60 000 Einwohnern, die Hauptstadt der Bukowina. 1875 wurde die Franz-Josephs-Universität eröffnet, das Stadttheater wurde von einer deutschsprachigen Truppe bespielt; am 11. 11. 1918 wurde Czernowitz rumänisch; seit 1940 Gebietshauptstadt (154 000 Einwohner) der ukrainischen Sowjetrepublik. Wegen seines hohen jüdischen Bevölkerungsanteils wurde Czernowitz zum Mittelpunkt vieler jüdischer Witze. Horváth wollte mit der Namensgebung »Czernowitz« für den Nazi-Gymnasiasten und mit dessen Äußerung: *Mein Vater ist liberal* auf die NS-Rassenlehre hinweisen, die unter »Rasse« etwas völlig anderes verstand als bis dahin die biologische Forschung. »Was wissenschaftlich galt, wurde von den braunen Theoretikern als ›liberalistisch‹ verworfen. ›Rasse‹ wurde nunmehr als ›mystische Synthese von Blut und Boden, von Leib und Seele‹ (Rosenberg) vergötzt; der Pädagoge Ernst Krieck nannte sie ›Offenbarung des All-Lebens‹. Dieser Rassebegriff will gerade rational nicht faßbar sein. Er fällt zusammen mit der Verlästerung der Vernunft, an ihrer Stelle pries man den gesunden ›Instinkt‹ und hatte damit die Möglichkeit, ›Rasse‹ auszulegen, wie es beliebte.« (Hans-Jochen Gamm, *Judentumskunde. Eine Einführung*, München 1964, S. 66)

Japaner – Anspielung Horváths auf Artikel 156 des Friedensvertrags von Versailles: »Deutschland verzichtet zugunsten Japans auf alle Rechte, Ansprüche und Vorrechte – insbesondere soweit sie auf das Gebiet von Kiautschau, die Eisenbahnen, die Bergwerke und Unterseekabel Bezug haben –, die Deutschland auf Grund seines Vertrages mit China vom 6. März 1898 sowie durch alle sonstigen die Provinz Schantung betreffenden Abkommen erworben hat.« Ferner wird die Eisenbahn Tsingtau-Tsinanfu mit allem Zubehör und sämtlichen Materialien japanisches Eigentum. Auch die »Unterseekabel des Deutschen Reichs von Tsingtau nach Schanghai und von Tsingtau nach Tschefu gehen mit allen dazugehörigen Rechten, Vorrechten und Eigentumsrechten frei und unbelastet auf Japan über.« (Zit. nach: Erhard Klöss, *Von Versailles zum Zweiten Weltkrieg. Verträge zur Zeitgeschichte 1918-1939*, München 1965, S. 69 f.)

31/90 *die republikanische italienische Nacht* – Vgl. hierzu die Forschungsergebnisse von Klaus Tenefelde über die Vereinskultur in der »proletarischen Provinz« Penzberg: »Die Gruppe der sozialdemokratischen Vereine hing wie Kletten aneinander. Ein jeder verschönte das Fest des anderen in der Gewißheit eines Gleichen; nach Mitgliederzahlen und Vereinsfahnen wetteiferte man stets neu. Fahrradkünste, Fußballspiele und Theatervorführungen gehörten in Penzberg zum Repertoire der größeren Feste, bestritten von den befreundeten

Vereinen – abgesehen natürlich von Zapfenstreich, Weckruf, Festkonzert, Musik im Festzug und Gesangsdarbietungen, abgesehen auch von einem möglichst annehmbaren Festredner, der die Massen lockte. Und sie kamen, die Arbeiter: in hellen Scharen, gerade zu den Festen. Hier war man wieder unter sich, kannte einander ja, war eine große ›Familie‹ [...] Naturgemäß hat insbesondere das sozialdemokratische Vereinswesen für die Mobilisierung der Bevölkerung anläßlich Wahlen und politischer Entscheidungen eine bedeutende Rolle gespielt. Umgekehrt schlugen sich politische Auseinandersetzungen und Verschiebungen der Kräfteverhältnisse im Vereinswesen besonders sensibel, und zwar nicht zuletzt in Gestalt persönlicher Querelen und Diffamierungen, nieder.« (Tenefelde, *Proletarische Provinz*, S. 159 f.)

–/90 *Gladiatorenmarsch* – Korrekt: *Einzug der Gladiatoren* (1900), komponiert von dem Militärkapellmeister Julius Fučik (1872-1916), einem Schüler Anton Dvořáks (1841-1904).

31/91 *Française* – Französischer Gesellschaftstanz, seit etwa 1800 auch in Deutschland getanzt, wobei sich die Tanzpartner anfangs in einer Reihe gegenüberstehen. In *Ein Wochenendspiel* (S. 31) findet sich Horváths Hinweis auf den Komponisten Jacques Offenbach (1819-1880).

32/93 *Malefizfaschisten* – Abgeleitet vom lat. maleficus, einem Übeltäter, auch Unheilbringer; hauptsächlich in Süddeutschland gebräuchlicher Ausdruck.

33/94 *Trautes Heim, Glück allein* – Zu Sprichwörtern als »signifikantem Strukturelement« (Jarka) in Horváths Dialogen vgl. u. a. Horst Jarka, *Sprachliche Strukturelemente in Ödön von Horváths Volksstücken*, in: Colloquia Germanica 1973, 1, S. 317-339, bes. S. 331 ff.; Dietmar Goltschnigg, *Pauschalierungen, Euphemismen, Anekdoten, Witze und Metaphern als Formen des Sprachklischees in Horváths Dramen*, in: Kurt Bartsch, Uwe Baur, Dietmar Goltschnigg (Hg.), *Hor-*

váth-Diskussion, Kronberg/Ts. 1976, S. 55-66; Winfried Nolting, *Der totale Jargon. Die dramatischen Beispiele Ödön von Horváths*, München 1976.

Die Grundlage des Staates – Vgl. hierzu auch die Staatsvorstellung des Pfarrers in *Jugend ohne Gott* (Band 13,49 und die Erläuterungen hierzu S. 170).

34/95 *Wenn du zum Weibe gehst* – Zitat nach Friedrich Nietzsche (1844-1900), *Also sprach Zarathustra. Ein Buch für Alle und Keinen*, Leipzig 1883/84 und 1885: »Du gehst zu Frauen? Vergiß die Peitsche nicht!«

diese ewigen Sterne – Vgl. hierzu u. a. *Sladek* (Band 2,79), *Geschichten aus dem Wiener Wald* (Band 4), *Kasimir und Karoline* (Band 5), *Der jüngste Tag* (Band 10).

36/96 *Ballade von Löwe* – Karl Loewe (1796-1869), Komponist romantisch-heroischer Balladen wie *Erlkönig, Tom der Reimer, Archibald Douglas* und *Heinrich der Vogler* (nach einem Text von Vogl, 1835 entstanden).

37/98 *Honny soit qui mal y pense!* – Wahlspruch des englischen Hosenbandordens: »Ein Schuft (eigentlich: beschimpft sei), wer dabei an Schlechtes denkt«, der, nach Polydor Vergils *Englischer Geschichte*, Basel 1570, auf König Eduard III. (1327-1377) zurückzuführen ist: Als die Gemahlin des Königs oder eine Hofdame während eines Balles ihr Strumpfband verlor, habe es der König ihr mit diesen Worten zurückgereicht.

37/99 *Blume und Schmetterling* – Motiv autobiographischen Ursprungs; Gustl Schneider-Emhardt berichtete von »rauschenden Karnevalsfesten« im Murnauer Strandhotel, wo sich die sog. »Horváth-Clique«, Gustl Emhardt (geb. 1903) und ihr Bruder Heiner (Heinrich) Emhardt (1905-1976) sowie die Brüder Ödön und Lajos Horváth nach einem bestimmten Motto verkleideten; eines der von Ödön und Lajos Horváth gewählten Motive war »Blume und Schmetterling«.

39/100 *Kommunistisches Manifest* – Korrekt: *Manifest der Kommunistischen Partei*, eine politische Programmschrift, die im Auftrag des »Bundes der Kommunisten« 1847/48 von Karl Marx (1818-1883; siehe auch S. 172) und Friedrich Engels (1820-1895) verfaßt wurde und 1848 anonym in London erschien. Die erste deutsche Ausgabe, mit einer Vorrede von Marx und Engels, erschien 1872 in Leipzig.

–/100 *Ein fremder Kamerad* – Durch den Hinweis *aus Magdeburg* soll angedeutet werden, daß es sich um einen Mann aus der »Zentrale« handelt, da Magdeburg Gründungsort und zentraler Sitz des »Reichsbanners Schwarz-Rot-Gold« war. – Vgl. hierzu auch Klaus Tenefelde: »Eine Ortsgruppe des Ende Februar 1924 in Magdeburg gegründeten ›Reichsbanners Schwarz-Rot-Gold‹ entstand in Penzberg im August 1924 und wuchs später zu beachtlicher Größe an; ihr blieben die bürgerlichen Gruppen offenbar die Antwort schuldig, und auch eine Gruppe des ›Rotfrontkämpferbundes‹ blieb Penzberg einstweilen erspart.« (Tenefelde, *Proletarische Provinz*, S. 157)

40/102 *römisch-mussolinischen Reich deutscher Nation* – Anspielung Horváths auf den Begriff »Heiliges Römisches Reich Deutscher Nation« (962-1806) und auf den »Marsch nach Rom« des italienischen Faschistenführers Benito Mussolini (1883-1945), der am 31. 10. 1922 mit dem Sieg der Nationalisten und Faschisten Italiens – der »Duce« (Führer) wurde Ministerpräsident und gleichzeitig Innen- und Außenminister Italiens – endete. – Die Nationalsozialisten sahen in dem Erfolg der Faschisten in Italien neue Chancen für sich selbst. Vgl. dazu die »Legalitäts«-Vorstellung von Joseph Goebbels, die er 1928 publiziert hatte: »Auch Mussolini ging ins Parlament. Trotzdem marschierte er nicht lange darauf mit seinen Schwarzhemden nach Rom.« (Zit. nach: Michalka und

Niedhart *Die ungeliebte Republik*, S. 251) Nach den Reichstagswahlen vom 14. 9. 1930, bei denen die NSDAP nach der SPD mit 18,3% aller abgegebenen Stimmen zweitstärkste Partei wurde (siehe auch S. 164 ff.), veröffentlichte die Daily Mail am 25. 9. 1930 einen Artikel, in dem es hieß: »Für die Wohlfahrt der westlichen Zivilisation wäre es das Beste, wenn auch in Deutschland eine Regierung ans Ruder käme, die von den gleichen gesunden Grundsätzen durchdrungen [wäre], mit denen Mussolini in den letzten acht Jahren Italien erneuerte.« (Zit. nach: Ernst Deuerlein [Hg.], *Der Aufstieg der NSDAP in Augenzeugenberichten*, München 1976, S. 323)

42/– *M.G.* – Abkürzung für »Maschinengewehr«.

–/105 *Agent provocateur* – Aus dem Französischen; soviel wie »Lockspitzel«.

46/110 *in seinem Training gestört* – Vgl. hierzu auch *36 Stunden* bzw. *Der ewige Spießer* (Band 12) und *Stunde der Liebe* (Band 15).

49/112 *Und wenn die Welt voll Teufel wär* – Nach Martin Luthers (1483-1546) Lied *Ein' feste Burg ist unser Gott.*

Polizeistund – Im Süddeutschen Raum umgangssprachlicher Ausdruck für die anberaumte »Gaststättenschlußzeit« der Gast-, Schank-, Speisewirtschaften sowie der öffentlichen Vergnügungsstätten, von der an auch der Aufenthalt in diesen Räumen polizeilich verboten ist.

Haferltarock – Grundsätzlich wird Tarock nur um Geld gespielt. Früher gab man das Geld in einen Topf, in ein Haferl, bevor mit dem Spiel begonnen wurde. Das Spiel um das »im Haferl« befindliche Geld wurde »Haferltarock« genannt.

50/113 *Der schönste Tod* – Ausgehend vom lat. »Dulce et decorum est pro patria mori« (dt.: »Süß und ehrenvoll ist es, für das Vaterland zu sterben«) des Horaz (65-8 v. Chr.) und dem Lied Jakob Vogels (1584-ca.1640) »Kein sel'ger Tod ist in der Welt, / Als wer, vorm Feind erschlagen [. . .]«, variiert Horváth hier den im *Zupfgeigenhansl*, dem »Wandervogelliederbuch« (hg. von H. Breuer, 1908) abgedruckten Text: »Kein schönrer Tod ist in der Welt, / als wer vorm Feind erschlagen [. . .]«.

Und das Licht leuchtet in der Finsternis – Nach Joh. 1,5: »Und das Licht scheint in der Finsternis, und die Finsternis hats nicht begriffen«. Vgl. hierzu auch den Titel des (unvollendeten) Dramas von Leo N. Tolstoi (1828-1910) *Und das Licht leuchtet in der Finsternis*, (1911; dt. 1912 und 1925).

52/– *kulant* – Aus dem Frz. abgeleiteter, vor allem umgangssprachlich in Österreich gebrauchter Begriff für »großzügig« bzw. »entgegenkommend«.

53/116 *Patron* – Neben dem lat. Patron als Schutzheiliger, Schutzherr bzw. Kirchenherr hier der vor allem in Österreich gebräuchliche, verächtliche Ausdruck für einen armseligen Kerl.

–/117 *Unsere Weste ist weiß* – Zitat nach der Äußerung Bismarcks (1815-1898) zu Helmuth Graf Moltke (1800-1891), die Deutschen hätten »keinen Flecken auf der weißen Weste« (Juli 1866); Bismarck wiederholte die Formulierung im Oktober 1892 gegenüber Hans Blum mit Bezug auf Hermann von Wissmann (1853-1905), dem deutschen Afrikareisenden.

54/117 *Trumm* – Mundartausdruck für »großen Brocken«.

54/118 *schwaches Rohr im Winde* – Zitat nach Matthäus 11,7 und Lukas 7,24.

–/121 *in ehemaliger Kolonialuniform* – Berüchtigt waren die »Schutztruppen« des Generals und Gouverneurs von Deutsch-Ostafrika Paul von Lettow-Vorbeck (1870-1964), die zwischen 1891 und 1918 in den sog. »Schutzgebieten« für öffentliche Ordnung und Sicherheit zu sorgen hatten. In der Weimarer Republik schlossen sich Angehörige und Sympathisanten in dem »Deutschen Kolonialverein« zusammen, der zu den »nationalen Bünden« gehörte.

–/122 *Himmellaudon* – Mundartl. Ausdruck für »Gelobt sei der Himmel!«, abgeleitet vom lat. Begriff »laudatio« für Lob.

Rache für Straßburg! – Vgl. den gleichen Satz in *Sladek* (Band 2, 13 u. 96) sowie die Erläuterungen dazu auf S. 157.

58/– *Schlange an der Brust* – Bild nach den *Aisopischen Fabeln* (6. Jh. v. Chr.) bzw. nach den *Saturae* (dt.: *Satiren*) des Petronius Arbiter (gest. 66 n. Chr.).

Auch du mein Sohn Brutus – Ausruf Caesars (100-44 v. Chr.) bei seiner Ermordung durch Brutus (um 84-43 v. Chr.); zit. nach Shakespeare, *The Tragedie of Iulius Caesar* (1599), III,1.

59/– *Es tut mir nämlich schon lange weh* – Zitat nach Margarethens Ausspruch in Goethes *Faust*: »Es tut mir lang schon weh, / Daß ich dich in der Gesellschaft seh'.«

118 *Sozialistenmarsch* – 1891 zum Erfurter Parteitag der Sozialdemokraten entstanden, galt er lange Zeit als das »klassische Lied« der Sozialdemokraten: »Auf Sozialisten, schließt die Reihen! / Die Trommel ruft, die Banner wehn. / Es gilt, die Arbeit zu befreien, / es gilt der Freiheit Auferstehn! / Der Erde Glück, der Sonne Pracht, / des Geistes Licht, des Wissens Macht, / dem ganzen Volke sei's gegeben! / Das ist das Ziel, das wir erstreben! / Das ist der Arbeit Heil'ger Krieg! / Das ist der Arbeit heil'ger Krieg! / Mit uns das Volk! Mit uns

der Sieg! / Mit uns das Volk! Mit uns der Sieg!« Text von Max Kegel, Musik von Carl Gramm. (Inge Lammel [Hg.], *Lieder der Partei*, Leipzig [3]1971, S. 24; zit. nach: Walter Moßmann und Peter Schleuning, *Alte und neue politische Lieder. Entstehung und Gebrauch, Texte und Noten*, Reinbek bei Hamburg [2]1980, S. 295 f.)

Radetzki-Marsch – Nach dem populären österreichischen Feldmarschall Joseph Radetzky (Graf Radetzky von Radetz, 1766-1858) benannter Marsch, der Joseph Strauß (Vater, 1804-1849) zugeschrieben wird.

Quellen und Hinweise

1 Bei der Transkription der hs (= handschriftlichen) Texte Ödön von Horváths werden durch

> \> Sofortkorrekturen,
> [ ] Zusätze bzw. Ergänzungen,
> ⟨ ⟩ Tilgungen,
> ⟨?⟩ fragliche Lesart bzw. nicht zu ermittelnder Text

markiert. Innerhalb dieser Transkriptionen wird der Autortext durch *Kursivdruck*, der Editortext durch Geradschrift ausgewiesen.

Abkürzungen für den Aufbewahrungsort:

HA/B = Ödön von Horváth-Archiv in Berlin an der Akademie der Künste (mit nachfolgender Ordnungsnummer),

HA/W = Forschungsstelle Ödön von Horváth in Wien im Thomas Sessler Verlag.

2 Carl Zuckmayer (1896-1977), erfolgreicher deutscher Dramatiker, mit Ödön von Horváth befreundet.

3 Carl Zuckmayer, *Ödön von Horváth*, in: Ders., *Aufruf zum Leben. Porträts und Zeugnisse aus bewegten Zeiten*, Frankfurt 1976, S. 209-213; hier: S. 209.

4 Uraufführung der *Bergbahn* am 4. 1. 1929 durch die Berliner Volksbühne im Theater am Bülowplatz.

5 *Der fröhliche Weinberg*, Lustspiel in drei Akten von Carl Zuckmayer, wurde am 22. 12. 1925 im Theater am Schiffbauerdamm in Berlin uraufgeführt.

6 Alfred Kerr (1876-1948), Kritiker des Berliner Tageblattes.

7 Alfred Kerr in seiner Rezension im Berliner Tageblatt vom 23. 12. 1925; zit. nach: Alfred Kerr, *Mit Schleuder und Harfe. Theaterkritiken aus drei Jahrzehnten*, hg. von Hugo Felting, Berlin (Ost) 1981, S. 296.

8 Transkription der hs Skizzen Horváths aus den Notizbüchern im HA/B, 55/56.

9 Ebd.

10 Ebd.

11 Klaus Tenefelde, *Proletarische Provinz. Radikalisierung und Wi-*

derstand in Penzberg/Oberbayern 1900-1945, in: Martin Broszat, Elke Fröhlich, Anton Grossmann (Hg.), *Bayern in der NS-Zeit IV. Herrschaft im Konflikt, Teil C*, München 1981, S. 1-382; hier: S. 155.

12 Ebd.

13 Wie 8.

14 Ebd.

15 Ebd.

16 Hs Seiten Horváths im HA/B, 12c.

17 Ebd.

18 Hs Seiten Horváths im HA/B, 12c; im *Kommentar* zu Horváths *Italienischer Nacht* verweist Günter Rühle »auf die Teilnahme des Prinzen Oskar an den Reichswehrmanövern 1926 ohne Wissen des Reichswehrministers; die Auseinandersetzungen darüber führten am 6. Oktober 1926 zum Rücktritt des Generalobersten von Seeckt als Chef der Heeresleitung« (Günter Rühle [Hg.], *Zeit und Theater. Von der Republik zur Diktatur, Bd. 2: 1925-1933*, Frankfurt, Berlin, Wien 1972, S. 811). Laut Mitteilung von Alexander Fuhrmann aber handelt es sich vielmehr um Prinz Wilhelm von Preußen, den ältesten Sohn des Kronprinzen, »gerade 20 Jahre alt, den nicht nur der Opa in Doorn für ›die Hoffnung des Hauses Hohenzollern‹ hält. Wilhelm ist Student der Rechte in Bonn. Er nimmt im Juli 1926 an einer Übung auf dem Truppenübungsplatz Münsingen (Württemberg) teil, die auch vom Infanterie-Regiment 9, Potsdam, absolviert wird, das wiederum die Tradition des 1. Garderegiments zu Fuß weiterführt, dessen Leutnant Prinz Wilhelm seit seinem 10. Lebensjahr ist. Darin, in dieser Melange von Monarchie und Republik, liegt der Politische Skandal, der Seeckt (Oberste Heeresleitung), der die Übungsteilnahme auf Wunsch des Kronprinzen arrangiert hatte, zum Rücktritt im Oktober 1926 zwingt. Nur der Reichswehrminister Gessler war nicht informiert worden. Quellen für Horváth dürften Berichte der Tageszeitungen gewesen sein, die mit einer Attacke der Erfurter Tribüne (SPD) einsetzten (Datum nicht zu ermitteln), die über Prinz Wilhelms Aufenthalt in Erfurt und Gotha berichteten und die Reichswehraffäre mit einbezogen – mit der pikanten Nuance, daß der in Erfurt/Gotha weilende Wilhelm

kein anderer war als Harry Domela, ehemaliges Mitglied der Baltischen Landeswehr (Freikorps), der als falscher Wilhelm auftrat und ›halb Europa lachen machte über jene erwachsenen Bürger einer Republik, für die es auf der Welt nichts Beglückenderes gibt, als vor einem jungen Prinzen ersterben zu dürfen‹ (Wieland Herzfelde, 1927).«

19 Originalvertrag im Archiv des Ullstein Verlages; siehe auch: *Ödön von Horváths Briefwechsel (1. Teil: 1908-1929)*, in: Horváth Blätter 1/83, S. 103 f.

20 Kopie des Originalbriefs im Archiv des Ullstein Verlages; vollständig abgedruckt in: *Ödön von Horváths Briefwechsel (2. Teil: 1930-1933)*, Horváth Blätter 2, April 1984.

21 Hans Ludwig Held (1885-1954), Schriftsteller und Kulturhistoriker, Beauftragter für Kultur der Stadt München, Direktor der Münchner Stadtbibliothek und Begründer der dortigen Handschriftensammlung.

22 Originalbrief in der Handschriftensammlung der Stadtbibliothek München; vollständig abgedruckt in: *Ödön von Horváths Briefwechsel (2. Teil: 1930-1936)*, Horváth Blätter 2, April 1984.

23 Kopie des Originalbriefs im Archiv des Ullstein Verlages; vollständig abgedruckt in: *Ödön von Horváths Briefwechsel (2. Teil: 1930-1933)*, Horváth Blätter 2, April 1984.

24 Siehe auch S. 160 f. dieser Ausgabe.

25 Kopie des Originalbriefs im Archiv des Ullstein Verlages; vollständig abgedruckt in: *Ödön von Horváths Briefwechsel (2. Teil: 1930-1933)*, Horváth Blätter 2, April 1984.

26 Ernst Josef Aufricht (1898-1971), nach Géza von Cziffra (*Kauf dir einen bunten Luftballon, Erinnerungen an Götter und Halbgötter*, München, Berlin 1975, S. 15) »ein unbekannter Schauspieler aus reichem Hause, der von Papas Geld das ›Theater am Schiffbauerdamm‹ gemietet hatte« und durch die Uraufführung von Brechts *Dreigroschenoper* am 31. 8. 1928 zu einem der bekanntesten Theaterdirektoren Berlins wurde.

27 Ernst Josef Aufricht, *Erzähle damit du dein Recht erweist*, Berlin 1966, S. 121.

28 Bernhard Diebold (1886-1945), Kritiker der Frankfurter Zeitung.

29 Rezension in der Frankfurter Zeitung, 23. 3. 1931.

30 Helga Hollmann, *Gesellschaftskritik in den Volksstücken Ödön von Horváths*, Magister-Hausarbeit, Berlin o. J. [1970], S. 61.

31 Ernst Heilborn (1867-1941), Schriftsteller, Kritiker und von 1910-1933 Herausgeber der Zeitschrift Das literarische Echo bzw. Die Literatur.

32 Rezension in: Die Literatur, 33. Jg. (1930), S. 456 f.

33 Felix Hollaender (1867-1931), Schriftsteller und Kritiker.

34 Felix Hollaender, *Lebendiges Theater*, Berlin 1932, S. 324.

35 Arthur Eloesser (1870-1938), Schriftsteller, Übersetzer und Kritiker der Vossischen Zeitung, Berlin.

36 Rezension in: Vossische Zeitung, Berlin, 21. 3. 1931.

37 Durus, d. i. Alfred Kemény.

38 Rezension zit. nach den *Anmerkungen* von Hansjörg Schneider, in: Ödön von Horváth, *Ausgewählte Werke*. Band 2: *Prosa*, hg. von Hansjörg Schneider, Berlin (Ost) 1981, S. 474 f.

39 Ebd., S. 475.

40 *Zeitschriften, Zeitungen und Verwandtes*, in: *Kürschners Deutscher Literatur-Kalender auf das Jahr 1930*, hg. von Dr. Gerhard Lüdke, 45. Jg., Berlin, Leipzig 1930, S. 141*-208*; hier: S. 198*.

41 Rezension zit. nach: Ödön von Horváth, *Ausgewählte Werke*, S. 474.

42 Norbert Falk (1872-1932), Schriftsteller, Kritiker und Redakteur im Ullstein Verlag.

43 Herbert Jhering (1888-1977), Publizist und Kritiker des Berliner Börsen-Courier.

44 Fritz Engel (1867-1935), Vorsitzender der »Kleiststiftung e. V.« und Theaterkritiker des Berliner Tageblattes.

45 Rezension im Berliner Tageblatt, 21. 3. 1931.

46 Alfred Kerr in seiner Rezension über Horváths *Geschichten aus dem Wiener Wald* im Berliner Tageblatt, 3. 11. 1931.

47 Alfred Kerr über die letzte Aufführung von *Italienische Nacht* im Theater am Schifbauerdamm; zit. nach: Arcadia-Verlag, 9. Flugblatt, Oktober 1931.

48 Carl Zuckmayer, *Lieber Horváth!* Faksimile des Abdrucks im Programmzettel zur Uraufführung von *Italienische Nacht* in: Gisela Günther, *Die Rezeption der dramatischen Werke von Ödön von Horváth von den Anfängen bis 1977*, Band II: *Anmer-*

kungen, Materialien, Bibliographie, Diss. Göttingen 1978; hier: II, S. 110 (Anhang II, Nr. 43).

49 Rolf Nürnberg, *Zwischen Hakenkreuz und Reichsbanner, Italienische Nacht. Im Theater am Schiffbauerdamm.* Zit. nach dem Faksimile in: Gisela Günther II, S. 105 (Anhang II, Nr. 39).

50 Dr. Franz Servaes (1862-?), Publizist und Theaterkritiker für den Berliner Lokal-Anzeiger und Kunstkritiker für Der Tag, Berlin.

51 F.S-s. (d. i. Franz Servaes), *Theater am Schiffbauerdamm*, in: Berliner Lokal-Anzeiger, 22. 3. 1931, zit. nach: Gisela Günther II, S. 114 (Anhang II, Nr. 47).

52 Die Besetzung der Uraufführung: Oskar Sima (Stadtrat), Felix Kromes (Kranz), Karl Ehmann (Engelbert), Karl Skraup (Betz), Eduard Loibner (Wirt), Hans Olden (Karl), Karl Hödl (Martin), Franz Böheim (Erster Kamerad), Günther Broschek (Zweiter Kamerad), Oskar Weber (Dritter Kamerad), Erich Köhler (Vierter Kamerad), Walter Hagemann (Kamerad aus Magdeburg), Louis Groß (Major), Oskar Beraun (Leutnant), Kurt Netzer (Czernowitz), Elisabeth Böhm (Adele), Maria Schnorrpfeil (Anna), Lieselotte Medelsky (Leni), Helene Lauterböck (Erstes Frauenzimmer), Elfriede Seidler (Zweites Frauenzimmer), Rolla Anison (Tante), Else Föry (Frau Hinterberger).

53 Rudolf Beer (1889-1938), Theaterdirektor und Leiter einer Schauspielschule in Wien.

54 Oskar Sima in einem Interview mit der Wiener Allgemeinen Zeitung, 3. 7. 1931.

55 Johannes Ilg, *Italienische Nacht*, in: Wiener Allgemeine Zeitung, 7. 7. 1931.

56 *Oedoen Horvath in Wien. Gespräch mit dem Verfasser von »Italienische Nacht«*, in: Wiener Allgemeine Zeitung, 5. 7. 1931.

57 A. W., *Erstaufführung von Oedön Horvaths »Italienische Nacht«*, in: Neues Wiener Tagblatt, 7. 7. 1931.

58 e(mil) kl(äger), *Politischer Spass im Raimund-Theater*, in: Neue Freie Presse, Wien, 7. 7. 1931.

59 Siehe hierzu: Traugott Krischke, *Ödön von Horváth. Kind seiner Zeit*, München 1980, S. 94-99.

60 Erik Reger (eigtl. Hermann Dannenberger, 1893-1954), Journalist und Schriftsteller, erhielt den Kleistpreis 1931 für seinen

»Schlüsselroman« *Union der festen Hand.*

61 Carl Zuckmayer, *Aufruf zum Leben*, S. 211.

62 Carl Zuckmayer, *Kleistpreis*, ebd., S. 214.

63 *Interview mit Ödön von Horváth* (Bayerischer Rundfunk, 6. 4. 1932), *Fassungen und Lesarten*, in: Traugott Krischke (Hg.), *Materialien zu Ödön von Horváths »Glaube Liebe Hoffnung«*, Frankfurt 1973, S. 7-32; hier: S. 31.

64 F. Junghans, [*Urteile*], in: Neue Preußische Kronenzeitung, Berlin, 26. 10. 1931, zit nach: Helmut Sembdner (Hg.), *Der Kleist-Preis 1912-1932. Eine Dokumentation*, Berlin 1968, S. 124 f.

65 Erik Krünes (geb. 1890), Übersetzer aus dem Serbokroatischen und Slowenischen, Schriftleiter im Scherl-Verlag, Berlin.

66 Erik Krünes, *Die Herren der Kleist-Stiftung haben das Wort. Kleistpreis in unwürdiger Hand: Der heimatlose Ausländer Horvath.* Zit. nach Faksimile in: Gisela Günther II, S. 125 (Anhang II, Nr. 55).

67 Will Vesper (1882-1962), Lyriker, Erzähler und Dramatiker.

68 Richard von Schaukal (1874-1942), Lyriker, Erzähler und Essayist.

69 Richard von Schaukal, *Unsere Meinung*, in: Die Neue Literatur 32. Jg., Heft 12 (Dezember 1931), S. 635 f.

70 Rainer Schlösser (1899-1945), ab 1924 Mitarbeiter der »völkischen« Presse, vom Oktober 1931 an kulturpolitischer Schriftleiter beim Völkischen Beobachter, vom Oktober 1933 an NS-Reichsdramaturg.

71 R(ainer) S(chlösser), *Der Kleistpreisrummel. Ein Musterbeispiel neudeutscher Propaganda-Praktiken*, in: Völkischer Beobachter, Berlin, 19. 11. 1931.

72 k. (d. i. Wilhelm Lukas Kristl), *Drei Dichter lesen*, in: Münchener Post, 24. 3. 1930.

73 HA/B, 12c.

74 HA/B, 32b.

75 Ebd.

76 Ebd.

77 Die Erläuterungen zu *Ein Wochenendspiel* und *Italienische Nacht* versuchen den zeitgeschichtlichen Hintergrund und Anspielungen Horváths auf tagespolitische Ereignisse darzulegen.

Die erste der beiden Seitenzahlen nennt die erste Erwähnung eines Begriffs oder Zitats in *Ein Wochenendspiel*, die zweite Seitenzahl bezieht sich auf die erste Erwähnung in *Italienische Nacht*.
Für wertvolle Hinweise zur Dechiffrierung von Details ist der Herausgeber Herrn Alexander Fuhrmann, München, zu Dank verpflichtet.

Zeittafel

1901 Ödön von Horváth wird am 9. Dezember in Susak (Fiume) geboren.

1902 Übersiedlung nach Belgrad und

1908 nach Budapest.

1909 der Vater, im diplomatischen Dienst tätig, wird nach München versetzt. Ödön bleibt im Erzbischöflichen Internat in Budapest.

1913 folgt er seinen Eltern nach München.

1916 Übersiedlung nach Preßburg und

1918 wiederum nach Budapest.

1919 besucht er in Wien das Realgymnasium. Abitur und Übersiedlung nach München. Studium der Theaterwissenschaft.

1920 Erste Publikationen.

1924 mehrwöchige Paris-Reise. Nach der Rückkehr faßt Horváth den Entschluß, sich in Berlin niederzulassen.

1926 wird *Das Buch der Tänze* in Osnabrück uraufgeführt.

1927 *Revolte auf Côte 3018* wird in Hamburg uraufgeführt. Neufassung unter dem Titel:

1929 *Die Bergbahn*. Uraufführung in Berlin. Der Ullstein Verlag bietet ihm einen Vertrag, der ihm freie schriftstellerische Arbeit ermöglicht.

Sladek, der schwarze Reichswehrmann, Uraufführung in Berlin.

1930 Horváths erster Roman *Der ewige Spießer* erscheint.

1931 *Italienische Nacht* wird in Berlin uraufgeführt.

Horváth wird über eine Saalschlacht, die von den Nationalsozialisten in Murnau inszeniert worden war, als Zeuge vernommen und öffentlich heftig angegriffen.

Auf Vorschlag Carl Zuckmayers erhält Horváth – zusammen mit Erik Reger – den Kleist-Preis.

Uraufführung von *Geschichten aus dem Wiener Wald* an Max Reinhardts Deutschem Theater in Berlin.

1932 *Kasimir und Karoline* wird in Leipzig uraufgeführt und auch in Berlin gespielt.

1933 verläßt Horváth Deutschland und reist über Salzburg und Wien nach Budapest, um die ungarische Staatsbürgerschaft zu behalten.

1934 Rückkehr nach Berlin; Filmarbeit.
Uraufführung von *Hin und her* in Zürich.

1935 Horváth nimmt seinen Wohnsitz in Wien. Die Auftragsarbeit *Mit dem Kopf durch die Wand* wird in Wien uraufgeführt und

1936 *Glaube Liebe Hoffnung* unter dem Titel *Liebe, Pflicht und Hoffnung* ebenfalls in Wien.

1937 Uraufführung von *Himmelwärts* in Wien, *Figaro läßt sich scheiden* und *Ein Dorf ohne Männer*, beide in Prag, und *Der jüngste Tag* in Mährisch-Ostrau.
Jugend ohne Gott erscheint im Allert de Lange Verlag in Amsterdam und wird in mehrere Sprachen übersetzt.

1938 Horváths letzter Roman *Ein Kind unserer Zeit* erscheint. Nach dem Einmarsch der Hitler-Truppen in Österreich verläßt Horváth Wien und reist nach Budapest, dann weiter nach Prag und von dort aus über Jugoslawien, Triest, Venedig, Mailand, Zürich und Amsterdam nach Paris.
1. Juni: Ödön von Horváth wird auf den Champs-Élysées durch einen stürzenden Baum getötet.

Ödön von Horváth

Gesammelte Werke

Kommentierte Werkausgabe in 14 Bänden und einem Supplementband im suhrkamp taschenbuch. Herausgegeben von Traugott Krischke unter Mitarbeit von Susanna Foral-Krischke. Auch einzeln erhältlich.

- Band 1: **Zur schönen Aussicht und andere Stücke.** st 3333. 339 Seiten
- Band 2: **Sladek.** st 3334. 178 Seiten
- Band 3: **Italienische Nacht.** st 3335. 201 Seiten
- Band 4: **Geschichten aus dem Wiener Wald.** st 3336. 246 Seiten
- Band 5: **Kasimir und Karoline.** st 3337. 159 Seiten
- Band 6: **Glaube Liebe Hoffnung.** st 3338. 158 Seiten
- Band 7: **Eine Unbekannte aus der Seine und andere Stücke.** st 3339. 487 Seiten
- Band 8: **Figaro läßt sich scheiden.** st 3340. 217 Seiten
- Band 9: **Don Juan kommt aus dem Krieg.** st 3341. 171 Seiten
- Band 10: **Der jüngste Tag und andere Stücke.** st 3342. 455 Seiten
- Band 11: **Sportmärchen und andere Prosa.** st 3343. 296 Seiten
- Band 12: **Der ewige Spießer.** st 3344. 440 Seiten
- Band 13: **Jugend ohne Gott.** st 3345. 182 Seiten
- Band 14: **Ein Kind unserer Zeit.** st 3346. 272 Seiten

- Supplementband I: **Himmelwärts und andere Prosa aus dem Nachlaß.** Herausgegeben von Klaus Kastberger. st 3347. 180 Seiten

NF 407/1/6.01

- Trotzdestonichts oder Der Wendehals. st 3180. 160 Seiten

Truman Capote. Die Grasharfe. Roman. Übersetzt von Annemarie Seidel und Friedrich Podszus. st 3135. 208 Seiten

Paul Celan. Gesammelte Werke in sieben Bänden. Sieben Bände in Kassette. st 3202-st 3208. 3380 Seiten

Marguerite Duras. Der Liebhaber. Übersetzt von Ilma Rakusa. st 1629. 194 Seiten

Hans Magnus Enzensberger. Der Fliegende Robert. Gedichte, Szenen, Essays. st 1962. 350 Seiten

Max Frisch
- Homo faber. Ein Bericht. st 354. 203 Seiten
- Stiller. Roman. st 105. 438 Seiten

Norbert Gstrein. Der Kommerzialrat. Bericht. st 2718. 148 Seiten

Peter Handke. Mein Jahr in der Niemandsbucht. Ein Märchen aus den neuen Zeiten. st 3084. 632 Seiten

Hermann Hesse.
- Das Glasperlenspiel. Versuch einer Lebensbeschreibung des Magister Ludi Josef Knecht samt Knechts hinterlassenen Schriften. st 2572. 616 Seiten
- Siddhartha. Eine indische Dichtung. st 182. 136 Seiten

Ludwig Hohl. Die Notizen oder Von der unvoreiligen Versöhnung. st 1000. 832 Seiten

Yasushi Inoue. Das Jagdgewehr. Übersetzt von Oskar Benl. st 2909. 98 Seiten

NF 266/2/10.00

Uwe Johnson. Jahrestage. Aus dem Leben der Gesine Cresspahl. Einbändige Ausgabe. st 3220. 1728 Seiten

James Joyce. Ullysses. Roman. Übersetzt von Hans Wollschläger. st 2551. 988 Seiten

Franz Kafka. Der Prozeß. Roman. st 2837. 282 Seiten

Bodo Kirchhoff. Infanta. Roman. st 1872. 502 Seiten

Hermann Lenz. Vergangene Gegenwart. Die Eugen-Rapp-Romane. Neun Bände in Kassette. 3000 Seiten

Cees Nooteboom. Allerseelen. Roman. Übersetzt von Helga van Beuningen. st 3163. 440 Seiten

Juan Carlos Onetti. Das kurze Leben. Roman. Übersetzt von Curt Meyer-Clason. Mit einem Nachwort von Durs Grünbein. st 3017. 380 Seiten

Marcel Proust. In Swanns Welt. Auf der Suche nach der verlorenen Zeit. Übersetzt von Eva Rechel-Mertens. st 2671. 564 Seiten

Mario Vargas Llosa. Tante Julia und der Kunstschreiber. Roman. Übersetzt von Heidrun Adler. st 1520. 392 Seiten

Martin Walser. Ein fliehendes Pferd. Novelle. st 600. 151 Seiten

Ernst Weiß. Der arme Verschwender. st 3004. 498 Seiten

NF 266/3/10.00